Treasures for Scholars Worldwide

三管英靈集

桂學文庫·廣西歷代文獻集成

潘琦 主編

③

廣西師範大學出版社
GUANGXI NORMAL UNIVERSITY PRESS
·桂林·

ND2379

三管英靈集卷二十八

福州梁章鉅輯

龍獻圖

獻圖字雨川臨桂人乾隆四十五年舉人官平樂縣訓導雲南鹽道庫大使有耕餘草宦遊小草歸田草

秋夜聞蛩

秋夜不能寐秋聲在何許銀釭爛有花孤吟寡儔侶忽來砌下聲何物叫哀楚似聞兒女怨切切窗前語如鳴東野詩號寒酸肺腑人為物之靈悲秋故難主么麽爾微蟲豈

三管英靈集　卷二十八

有千萬緒階前弔明月唧唧傍門戸翻令搗衣人傷心淚如雨

向唐蓮舫明府借酒

我性不能飲厥名曰飯囊一飽腹果然撚髭意揚揚暇日弄柔翰自謂筆陣強昨忽上詩壇鏖戰翰墨場豈意逢大敵棄甲走且僵三戰復三北詩城欲乞降平日詩膽大恥爲城下盟願借麴秀才傳檄招散亡呼奴提壺盧縋城走蒼黃問途酒泉郡假道糟邱旁如效申包胥哭秦復楚疆如作申叔儀登山呼乞糧君如許從事我願爲步兵投醪

歆將士旗鼓仍相當收復桑榆功凱歌聲琅琅

寄衣曲

秋風落葉鳴窗牖絕塞長征人在否腓披天邊一紙書標題去歲日重九重陽殺賊祁連山擬獲封侯印如斗君心自喜妾自憐深秋朔漠風雪堅鎧甲生蝨衣鶉懸爲君裁衣寄遠邊知君苦戰有熱血天寒不衣心自熱就中難寄是妾心衣上淚痕深不深

戽水謠

朝戽水暮戽水朝朝暮暮池塘裏池塘水淺如蹄涔似把

天漿洒禾尾禾尾焦欲枯禾根或可蘇舞天躍地求過額尻高首下人籧篨最憐赤日炎如釜汗出淋漓仰還俯一手揮汗一手戽天雖不雨汗如雨安得池水同汗多源源引灌田中禾窮黎安坐飽且歌吁嗟田家樂戽水苦如何

採買謠

常平倉始食貨志增價而糴農獲利減價以糶凶荒備傳之後世無治人一糴一糶傷農民年年歲未熟縣官抱空牘請於大府僚開倉糶陳穀是時穀價如山高石值白金二兩有奇人嗷嗷千石萬石責牙儈鄉民不得買半挑千

貫萬貫入官手鄉民不得分秋毫可憐民命似雞狗轉死
溝壑期速朽皇天不絕民性命猶喜黃雲被南畝滌場穫
稻炊香秫共說收成有八九半年今日一飽餐婦子全家
笑開口忽聞昨夜下官符採買穀石還倉儲大張告示照
部價每石五錢無多餘虬鬚虎吏蝟毛磔咆哮下鄉如捕
竊鄉民逃竄捉鄉紳交銀鄉紳散四鄰書生鼻涕長一尺
乍見官府喪魂魄當堂具領部價銀歸到鄉村作差役撥
戶俵散棚櫃清按糧派買稱公平爾穀早納爾無事爾穀
不納我點名納穀之時更可哀鄉民負擔紛紛來日晡以

後倉未開書吏索錢寫串票鄉民無錢書吏叫官親驗穀如驗傷喝合斗級風車颺秕中尚有錢一百私賄斗級收入倉穀入倉日昏黃無錢投宿臥路旁腹中饑餓天雪霜官租已完死無怨只怨當年耿壽昌

書荆軻傳後

鱄諸行炙刺吳王吳王世及公子光卻何燕丹逞小忿枉使荆軻投虎狠就使祖龍肎刃死扶蘇繼統爲天子扶蘇太子孝且仁又有蒙恬作近臣保世滋大益長久安得胡亥來亡秦天遣荆軻劍術疎秦皇環柱左右呼苟延旦夕

惡盈貫泚耶一夕攖天誅宮中夜半出片紙已立胡亥謀扶蘇遂使趙高與羣小殄絶秦祚如摧枯乃知禍福天所主逆天者亡人自取博浪之椎亦莽鹵

⿰舟空舲峽

⿰舟空舲峽中順風起舟人掛帆坐船尾余亦長吟拜下風擊楫中流顏色喜須臾河伯舞回風舟如木葉飄江中欹斜反側不得住屈原邀我游龍宮舟人支撐猛如虎左拒右拒施篙觴紙船那有鐵梢公僮僕相覷面如土我時吟詩聲正長吟聲乍歇風聲揚書生賦命本窮薄入鮓甕頭心

惝惶久之船頭風浪靜舟人喜說活殘命長年徐徐散紙錢念佛人人喜相慶僕人穩坐獲更生謂我平生忠信行平生忠信歷坎軻何日深居安樂窩

元旦雪作歌

黃雞唱罷千門開四山一望雲皚皚蒼松忽作白玉樹幽徑不見青莓苔辛盤獻歲冷牙齒銀旛着帽無塵埃出門拜賀舉袍袖置身彷彿登瑤臺老農占驗喜豐稔今年麥熟禾無災東鄰置酒拜滕六西鄰執杖敲灰堆我不耕田婦不織一年生計如枯荄笑向窗前試斑管年年雪案磨

松煤但得新詩和白雪栢酒聊復傾千杯嬌兒癡獃賣不盡一聲爆竹鳴春雷

觀歐陽葆真少尉寓齋所藏書畫

我生才藝無足誇學書學畫如塗鴉晴窗展紙弄柔翰自笑十指同蘆芽投筆太息出門去來訪書畫歐陽家文房四壁列清玩忽驚几案生光華顏筋柳骨體各異迂倪顛米神無差就中待詔遺寶墨尋丈縑素驚龍蛇君家六一翁集古窮羲媧君乃嗣其後一一勤搜爬念君家世本儒素風塵作吏道路賒腰間既無黃與白安能致此盈數車

宦囊入棄君獨取米不能乞酒不賒僅供豎儒一觀覽口角流沫空吁嗟請君珍藏自什襲裝以玳瑁籠碧紗

雪夜作歌柬唐蓮舫明府

彤雲漠漠雪亂飄黃昏凍折梅花梢紙窗窸窣風怒號寒威刮面如剪刀豎儒鬉坐冰一條窮冬惟有敝緼袍挑燈呵筆吟風騷忽驚天上飛鵝毛乍喜階下鋪瓊瑤妻子圍爐面欲焦夜寒勸我斟松醪念君罷官居僧寮敝裘典盡寒無貂此時三更酒力消欲歸不得心火燒欲語無人伴寂寥但聞僧來門外敲回憶津門路迢迢洞庭風冷黿鼉

驕黃河氷堅舟楫膠雞聲茅店鳴瀟瀟手皴足凍雪到腰
何如高卧佛堂坳拙鳩猶得居鵲巢明年春色滿江皋一
路花鳥隨征橈送君歸到長蘆橋予亦詔選趨天曹 帝
城雲裏宮殿高長安市上多賢豪酒樓歌館吹笙簫與君
聯襟同遊遨君胡不樂心鬱陶請君聽我歌且謠

感興

弱冠親儒服謀生似蠹魚性惟鑽故紙筆已不中書白髮
今難黑青山又久居徘徊古松下太息出無車
新覓桃枝杖長宜穩稱身此君堪作伴到處可爲鄰縱惹

孳兒笑惟求大路遵問何添一足我是畫蛇人

行年開八十一吷去來今只剩揮斤手常懷鑄錯心無人問奇字有客鼓瑤琴頗怪芭蕉響蕭蕭秋又深

徙倚東皋望柴門過客稀燕啣秋色去鴉負夕陽歸社鼓鳴方急書田計漸非却看鴻鴈至又逐稻粱肥

春游即景

春游不覺遠緩步到江干小雨溼幽徑輕陰生薄寒花如待年女鶴似退休官翻羨漁家樂生涯一釣竿

種菜

小圃方盈畝住蔬滿四圍雨餘春韭綠霜飽晚菘肥抱甕計良拙安貧事豈非菜根饒況味終日笑忘機

七十自壽二首

瀛海歸來兩鬢皤回頭去日枉奔波年經七秩風霜苦身歷三朝雨露多秉燭夜行忘路遠看花早起愛春和莫嫌老景頹唐甚倚案猶能一嘯歌

獨立庭前看舞衣雙雛索飯故依依男婚女嫁何年畢鶴怨猿驚亟早歸彭澤自知今日是杜陵曾說古來稀漁樵舊侶夥相問笑指春山筍蕨肥

訪畢月亭參軍

自去蒙山歷幾旬昭州萍梗又相親屏間詩句皆名士窗外芭蕉盡美人身寄閑曹原是福書能借讀不嫌貧故衙日日渾無事肯許寒氈結比鄰

敢說才名三十年文章事業兩茫然投閑枉自居經席垂老應知愧俸錢月夜好同螿語咽秋天喜見雁行聯令弟亦工詩出示近什問君吏隱南牆下對樹吟哦日幾篇

哭門人李伯貞學博

昭江判袂跡如萍於越書來涕淚零五十學詩髭盡斷三

千結客酒難醒生辭美錦年方壯死坐寒氈目已瞑老我歸時君宿草不堪回首故山青

秋日齋中即事

怕聞絲竹怕聞歌日擁殘書樹下哦月上松窗簾影靜居然退院老頭陀

疎疎槐影正臨池恰與寒蟬借一枝風戛牆陰數竿竹儵然多在夢醒時

射圃無人秋草長蓬蒿滿目劇荒涼生徒散盡吟聲寂坐聽寒鴉噪夕陽

砌下幽蘭浥露清梧桐枝上子盈盈最愁四壁蛩聲苦夜夜階前弔月明

冷署蕭然一事無官閒不用理文書深秋日日添新課種菜澆花又餵魚

李洪霈

洪霈字鬼村臨桂人乾隆四十五年舉人官安徽霍邱縣知縣

秋柳次劉靄堂韻

滿目淒涼百感生柔枝無那是先零西風匹馬人初去殘

月孤舟酒半醒不盡春旗樓外颺何堪羌笛客中聽樂遊舊事休回首冷雨寒烟又一汀

歐陽鑑

鑑字梅塢馬平人乾隆四十五年舉人官甘肅合水縣知縣有瀦野吟草

題大霄山神祠壁

大霄山前多猛虎行人每遭攫食苦前侯束手不敢較但禱山神立此廟廟中泥虎血糢糊獻以雞豕患少蘇長官到此下馬拜不拜神遣虎爲害憶我來時雪滿林策馬徑

過祠不嘆屈指代庖已百日未聞有虎攫人食私心轉謂傳者誤抑或此中必有故我聞善政能禳災四野清寧虎不來又聞猛政比虎苛縱爾山神奈政何嗚呼虎兮何不渡河去九江太守今何處

戈壁吟

車轔轔馬蹡蹡驅車走馬度戈壁濯濯荒原絕草萊漫漫四望皆沙磧鳥飛不下獸亡羣仰視長天紅日白勞人自問欲何適噫嚱吁彼蒼生物皆有用胡爲大地任抛擲何年沙磧轉肥饒平疇千里連雲碧

柯宗琦

宗琦字瑋齋北流人乾隆四十五年舉人有璞山集

有感

達者任自然庶事鮮差忒洪荒多壽民日用安作息未聞六氣侵恒倩刀圭力溯自軒岐典靈素著爲式作述代有人方書遂日積泥古鮮變通羣方盡鋒鏑慘殺本無形貽悞緣寡識嗟哉鹵莽輩翻作羣生賊任法不任人自古所深惜

舟行即事

滿字移

抄

雲山家萬里一葉信乾坤樹密幾聲燕江空何處猿潮生天倒浴舟逃岸疑奔暮泊問沽酒人敲夜月門

登山銷夏

一逕入蒼茫千林蔽日光煙雲隨杖履薜荔寄行藏僻地難客暑閒心易得涼飛鳴留客意翻笑野禽忙

採葛仙米

葛合遺蹤滿翠微巖頭萬顆照斜暉搜尋直到神仙窟帶得仙雲滿袖歸

李玠

玠字昭如濤州人乾隆四十五年舉人官西隆州學
正

遊南山寺

雲行山動鳥環啼雲斂山空草色齊廿四名峰無限碧遊
人如入武陵溪

王英敏

英敏字濬堂容縣人乾隆四十五年舉人有月亭吟
草

旅中題壁

南北奔馳久故園思渺然鴈聲聞客枕寒信報霜天夢境隨明月情懷感暮年攜琴彈復罷清怨入啼鵑

潘德周

德周字淳夫宣化人乾隆四十六年進士官翰林

秋笳

邊地秋笳起長城夜寂寥一行人出塞幾隊馬聯鑣聲挾風霜老音摧草木凋戍樓愁不寐聽罷思偏遥

秋砧

秋夜搗衣聲家人萬里情石磯風凜冽銀腕月分明泪灑

沙痕溼愁添泣水清幾回抱杵立惆悵望邊城

秋螢

夜深涼露降閃灼有流螢點點明空砌飛飛透畫屏光含三徑雨影碎一池星腐草因時變秋來喜在庭

秋葉

玉露千林白金風一樹黄飄零紅蓼岸絢染綠蘿莊古木淒寒月孤村透夕陽敲窗時有韻瑟瑟奏清商

馬延承

延承字錫亭隆安人乾隆四十六年進士官山東費

縣知縣有見一齋詩鈔

捕蝗

客冬稀雪霰今春屯膏澤藴隆不可解蝨賊遂充斥跳躑塞溝渠蔓延滿阡陌紛飛欲蔽天積疊累盈尺空勞坎眘深更覺網羅窄驚心穿坐視束手眞無策那辭胼胝煩實憂饑饉迫德薄賴冥驅祭瀆神卸責蟲孽有忌畏天意存護惜保全凋瘵餘荳菽與蕎麥晚造穫半收闔境延命脈

祈雨

蒞任經數月張弛無小補深慙有腳春莫沛隨車雨耒耜

半虛懸安能免曠土勤力無所施良農心亦苦曾聞為厄虐虔作風雩舞珪璧亦既卒豈惟禁屠酤燋悴遍癸蒸設壇已四五連朝怨出日歷時過端午天意有回轉油然雲乍覩夭矯舞商羊砰轟震雷鼓甘澍連三日歡聲騰萬戶椎牛薦餘芬豐潔答神祜

曬書畫

宦海異波濤幽居恒誦讀山水乏奇觀書畫盈百軸藉此當卧游珍藏時啟櫝蠹蟲抑何多聊向春陽曝眼中有明鑑紙上皆有病心正則筆正畫骨不畫肉欣賞集良朋奔

走任僮僕驪書防婢竊伸逵意已甓

捕虎

歲紀不逢寅胡然災虎患咥人拮難屆畜類家復算卯阜
接鬪鬪偪處無忌憚積威不少戢積惡久盈貫雷吼肆憑
陵搴情皆憒惋挺刃寨如林鳴金魄先散負嵎莫敢攖驀
澗欲驚竄閃跌出不意刃交尾已斷驩聲呼一快老賊宜
萬段伎倆竟何施胎禍由鷙悍

陽明洞懷古

干羽妝威奏凱旋銘功絕壁靖烽烟惟能不殺稱神武遂

使先生有洞天雲散風流虛想像山青水碧共澄鮮大賢樹立多奇偉一片磨崖萬古傳

周維坫

維坫字樹屏臨桂人乾隆間諸生

舟中望月

滔滔大江水扁舟駕一葉晚泊孤村烟暝若與天接漁火辨識茫星河光皎潔萬籟寂無聲良夜何清絕對此感素心欲問天邊月月影雜流雲雲中任出沒照我江上行皚皚明如雪前宵見月圓今夕見月缺圓缺曾幾時離合亦

如之清光隔千里那得不相思

送樹之二兄北上

北風催鴈急揮手淚沾襟此日難爲別征途不廢吟帆隨湘水遠木落楚江深苦被微名累同懸兩地心

春日放舟即事

隔林何處喚倉庚淼淼寒波放棹行青舫晚烟三月雨畫橋飛絮半湖晴春多美景看無厭人到中年感易生正是客懷孤迥處東風送到管絃聲

羅紳

紳字帶溪蒼梧人乾隆間拔貢生官湖南澧州知州

雨後登玉柱山亭

檻外雲猶溼山從雨後青松聲餘鶴唳水氣帶龍腥玉井
淰清淺瑤岡開琴屏登臺閒眺望牧唱隔郊坰

讀蔡忠烈悔後詩步黃秉直太史韻二首

忠臣身後尚存詩詩是江門絕筆時日月至今懸姓字冰
霜無處認鬚眉九人同死萬人哭一代名臣百代奇讀罷
遺篇還太息遠看南浦動吟思

紛飛礟羽一城完何意金湯固守難縱有鐵戈迴日落也

無糧轂過秋寒當時捍衞人何在此日生靈淚未乾郭外與君同極目不堪酹酒夕陽殘

東華庵次孝廉黃卓雲韻在桃源洞左

寂寂珠宮迥自開依稀仙路半塵灰誰云鶴有重歸日無復花從去後栽金闕影浮青靄動玉簫聲斷紫雲哀未須更論長生事白日空庭看去來

春雨招伍都閫宜園小飲

經旬無計愜幽情欲破愁城仗酒兵莫道街頭泥滑滑一鞭風送馬蹄輕

劉勗

勗字勉之臨桂人乾隆間副貢生官邳州州同

別酉拙二兒

欲訴離腸苦偏憎夜雨聲未行魂已斷將別句難成壯志虛雙鬢青衿誤半生高堂垂白髮色養賴吾兒

三管英靈集卷二十八

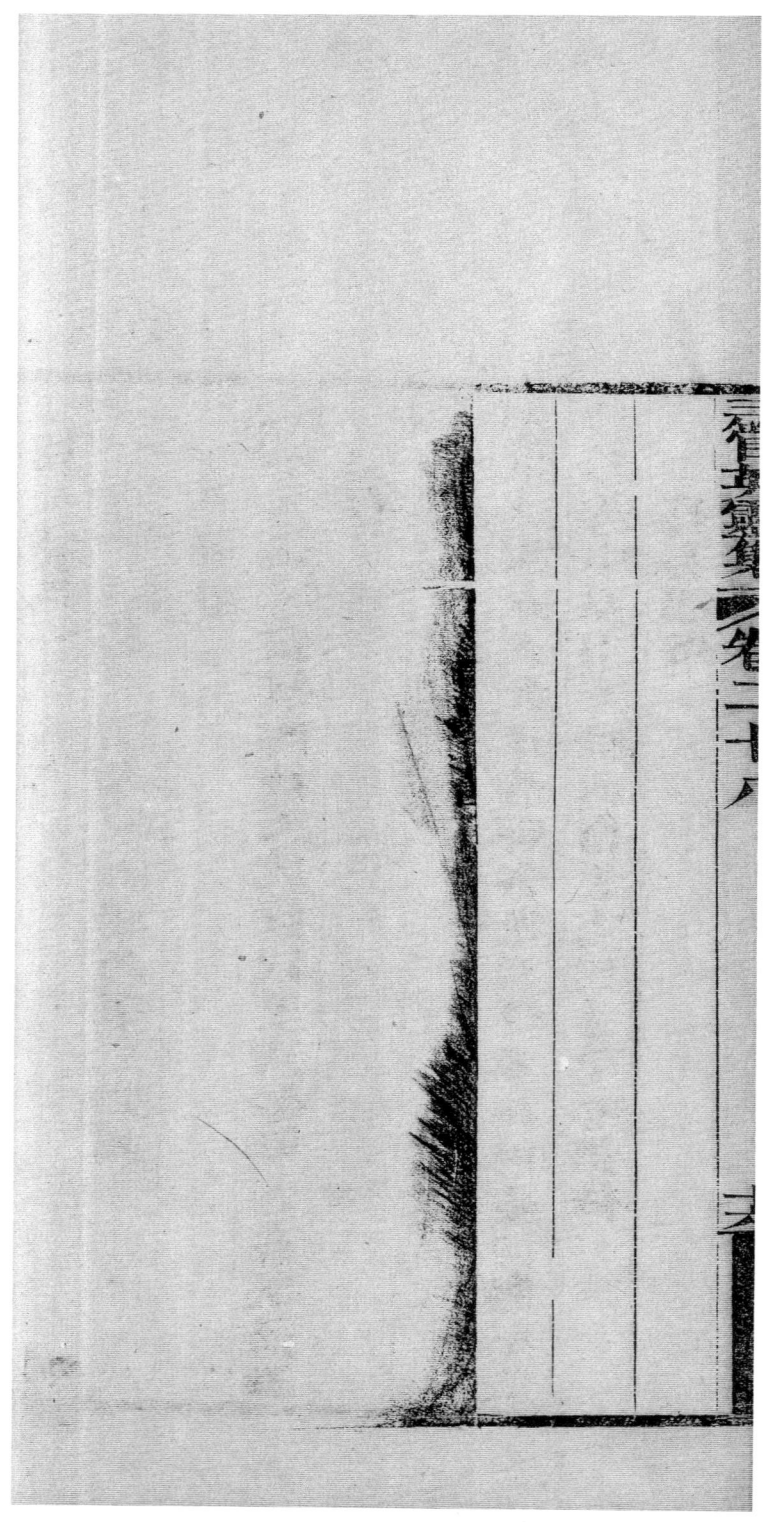

三管英靈集卷二十九

福州梁章鉅輯

廖大閶

大閶字俞侯臨桂人乾隆四十八年舉人有樂齋詩存

思鄉

柳絮欲霑衣天涯正落暉客遊親漸老春與夢同歸早歲功名薄中原雨雪微西南雲霧起寸草亦依依

暮春思鄉

韶光容易負青年惆悵梁園日暮天市酒自斟花落後春風不讓客歸先池塘夢覺三更月竹院香浮一徑烟想得啣泥飛燕至殷勤曾問綺窗前

甲辰首夏與甘平川劉橫江危質園莫曙亭諸同年出都門諸人皆南歸而余西行爲數言紀別

春光九十聚京華載酒同看上苑花何事盧溝新月裏吹殘風留各天涯

悵望庭幃隔遠天七千里外思怦然殷勤爲報兒消息客路加餐勝去年

范學淵

學淵永福人乾隆四十八年舉人官貴縣教諭

春遊鵝湖轉抵峰頂

亂雲堆裏翠煙環細雨輕飄草樹間爲愛石林春婉晚虔橋同訪赤鵝山

春郊一帶擁雲巒杏子春衫怯嫩寒溪水野花啼鳥靜分明身入畫圖間

杉皮破屋數家村行盡山亭到粉垣欲問昔賢同異處春風駘蕩寂無言

擬曹唐小遊仙

玉皇詔下選仙卿月姊星娥出碧城一曲紫雲新教就銀河隊隊學吹笙

調猿石上坐忘言浴鶴泉邊識化源傳得靈妃三洞字小茅君至要重論

隱隱笙歌曉洞開青鸞交扇晝天台芙蓉城裏三重閣花下傳呼殿主來

崑崙井上話長春猶憶偷桃漢殿臣看到扶疎琪樹宿梅花寒乞牡丹貧

一枝鐵笛一簑衣月滿湖山舊會稀青尾狰龍騎不得重將黃鶴送君歸

三千年後海榴紅公子虬鬚氣吐虹流水別來松桂老只攜孤劍事猿公

碧桃花下醉歸遲花落天門埽未知一自飛瓊偷覷得世間眼冷杜紅兒

催修水殿宴麻姑十丈鮫綃贈得無怪底龍堂長不夜鏡光海掛女珊瑚

蘇秉正

秉正字乾亮藤縣人乾隆四十八年舉人官國子監典籍有臥雲樓詩草

秋晚遊金山亭

晴空何皎然天光淨雲影秋氣入山亭漸逼衣帶泠極目窮高遠暮色華野境樹動爭歸鴉山明銜落景長煙連斷峯微月上高嶺峭壁插寒潭水淡嵐影靜大江去滔滔夜水散漁艇清風從西來爽氣與之騁徐徐到襟袖悠悠得善領旋聽崖頂鐘澄心發深省

怨春曲

花事闌珊春無語東家蝴蝶西家去花開捲簾望君歸花落猶自立斜暉

遊水月禪閣

一路碧菲菲穿林繞翠微竹深寒石徑花落靜柴扉山鳥如呼客溪雲欲上衣禪房香茗熟話久澹忘歸

瓜步曉渡大江

宿雲開處見焦山蕩漾輕風掛半帆一葉扁舟人尚臥載將殘夢過江南

陳景登

景登字最峯馬平人乾隆五十一年舉人官直隸遵化直隸州知州有知止堂詩鈔

夜泊

孤舟泊江渚寂寞思無端月冷荒村静煙深古渡寒歸懷空遠寄客夢恨難安耳畔喧闐甚前溪水下灘

晚征

計程三十里暮靄漸蒼蒼漁市煙炊白沙堤屐踏黄牧童牛背穩估客馬蹄忙日入息羣動嗟余處未遑

村居

到處堪投足何心賦卜居乾坤雙鎖鑰天地一籧廬長嘯風生袖開懷月在裾皎然虛室白還愛日之餘

秋夜不寐

愁多不成寐愁少更如何一夜疑風雨開門落葉多月寒沈樹杪雲淡失天河剩有孤檠伴相將客裏過

感懷八首 時自薊州罷官寄居涿鹿

草澤承　恩重風塵敢憚勞心猶依北斗職竟落西曹失馬寧愁塞亡羊借補牢一寒仍故我尚有念綈袍

榮落原無定升沈理自通名纔登白簡袖只剩清風霜影

頭毛素磔痕血點紅還如傍人鳥一旦出樊籠

立脚怕隨俗此心惟率眞十年慚作宰萬事不如人未許貪爲富難言喪欲貧邇來何所有華髮鏡中新

文字誰扛鼎功名論蓋棺風高無剩葉水急有危灘絲盡蠶當老心灰燭易殘故園歸未得空自憶張翰

一州方領篆五斗志徒奢味盡雞無肋墉穿鼠有牙宦情波底月世事鏡中花懶慢還吾素東門學種瓜

何當悲落魄舊澤一寒氈肉盡瘡難補頭焦火尚然世家齊仲子心跡柳屯田兒輩方童稚愁懷日夜煎

旣巳渝初志遲當憶舊遊幕僚千里月宦况一庭秋上蔡牵黃耳遼東獻白頭桑榆如可待猶憶晩能收

明察才偏短勤勞志敢疎覆盆雖易照積蠹急難除歌竟嗚嗚達空還咄咄書放懷憶潘岳拈筆賦閒居

安肅道中晩行

日暮馬蕭蕭征途夜寂寥雲堆天作壘風吼樹成潮燈影穿林碎鐘聲出寺遥息肩在何處烟暝隔溪橋

遊盤山

煙際嵯峨塔影明重陽天氣半陰晴疎雲篩雨忽千點野

鳥隔林時一聲石徑陰濃猿鶴語故園秋老薜蘿情塵緣未滌仙蹤杳祇有青山自送迎

除夕

年來年去總因循瞬屆椒盤餞歲辰三百六旬將盡夜七千餘里未歸人也知明日非今日可是新春勝舊春路近青雲須努力莫教墮落溷風塵

蘆花

輕於飛絮重於霜來往西風特地忙流落驟難歸故土凋零容易下斜陽山城水郭煙痕淺蟹舍漁邨月色黃縱有

吟箋難寫恨莫教抛擲硯池旁

七夕

一年一度會星河月色微微映碧波自是人間光景短非關天上別離多鵲橋有路通銀漢機室無心理玉梭堪笑女郎爭乞巧年年得巧竟如何

中秋夜宿高碑店三義廟中作

野寺荒涼境地偏滿庭涼月露涓涓已驚塵世三秋冷又値天涯一度圓薄宦不知身是客長宵枉負夜如年挑燈何必愁孤寂且共山僧結靜緣

癸酉秋九月奉檄查勘鉅鹿災黎戶口因連年積歉
十室九空赤地荒涼民生無色賦此誌慨呈果菴伍
明府

積歉連年少蓋藏災黎幾處半流亡朱門無主黿居竈尋
釜生塵鼠跳梁已是土牛逢水毀那堪鐵馬叶金商饑寒
交困殊當憫善政雖多首救荒

計戶難分極次貧瘡痍滿目倍縈神鳩形鵠面當稜粟爛
額焦頭待徙薪 國帑屢頒真浩蕩
鉅邑報災之後蒙
賞借口粮兩月加以
大賑三月其餘勘不成災各村庄又蒙 賞給兩月
口粮其有地無業貧民復蒙 借子麥種俾資耕作 天儲

飛輓莫逡巡賢侯夙抱如傷志早溥恩膏逮萬民

豫東教匪謀逆適余以查賑鉅邑未得効力疆場率成見志

請纓有志未消磨戎馬書生豈足多尸位久慚毛義檄壯懷空握魯陽戈泰山壓卵終虀粉大府奏命總統三省官兵督剿天兵一到立見蕩平困鳥歸巢易網羅掃盡欃槍看振旅據鞍驪唱凱旋歌

始見桃花

連宵風雨閉柴關庭院無人盡日閒一夜紅芳初破萼不

知春在畫屏間

林西森

西森臨桂人乾隆五十一年舉人官廣東茂名縣知縣

渡江

驚濤萬里下岷峨帆布新來海上過芲囿千秋健兒骨南徐終古大江波胸中雲夢應同闊鼎外神姦自昔多六代不如楊子樹春江常照碧於蘿

朱齡

朱齡印卷廿九第十二頁全齡鄉試錄作全吾齡

齡初名吾齡字希九靈川人乾隆五十一年舉人官興業訓導有嵩蘇集

朱齡嵩蘇集自序云余嘗觀葉夢得避暑錄載歐陽文忠公嘗與尹師魯諸人登嵩山見蘇書成文有若神清之洞四字異日復往視之洞口雲封字亦烏有余詩不足傳遇則付之無何有者得毋類是

楊梅潭

可愛澄潭上猗猗竹滿汀千竿蒼玉立一片綠雲停茅屋背偏暖柴扉晝亦扃酸心塵世事到老幾曾聽

立秋後盆蓮始發

太華峰頭想異姿分栽小盎亦清奇葉經長夏添層蓋花

爲新秋放一枝翡翠多情窺別浦鴛鴦對影立多時幽齋莫笑孤芳晩仙露今宵定滿池

和合肥女史許燕珍秋柳韻

黃金嫩綴細腰支無力東風不耐吹燕子飛飛秋社近倩誰珍重護多時

抱恨千條又萬條翠眉斂盡未能消不知五柳門前客露冷霜寒可折腰

光陰彈指歷三時一桁空條葉滿堤皓蝶黃蜂藏不得賞眉羞詠玉溪詩

江上芙蓉幾樹開衰顏樊圃晴相催莫嫌羌笛聲聲怨何日春風始再來

題　國朝六家詩鈔後

展卷風騷列幾篇怨誹不亂更纏綿挑燈一夜西窗雨猶恐烏臺鎖暮烟　朱荔裳

溫柔敦厚本詩源誰啟希賢入聖門流水高山深旨意人間猶自管絃繁　施愚山

萬卷隨驅意自賅垂紳搢笏韻低徊九仙骨被山龍袞門外從渠作謎猜　王漁洋

身是仙人被放回流螢棄去尚悲哀談龍未放新城老空自飄零一代才 趙秋谷

八斗才多氣有餘連營壁壘壯儲胥世人誤信滄浪語未見齋中詠讀書 朱竹垞

南北東西數十年奇情變態劇屯邅虧他廊廟山林地落筆皆知意欲然 查初白

蔣學韓

學韓字退軒靈川人乾隆五十一年舉人

過東昌懷陳奇山先生兄弟

先生名枚字奇山全州孝廉守堂邑有善政已卸任適
壽張賊王倫反圍堂邑士民不附新合而樂爲先生用
先生率民死守城破不屈死其弟武孝廉名元良字君
山同時禦賊死事聞　賜祭塟建廟祀之晉銜各蔭一
子

君不見睢陽城中張大夫身同城碎無完膚又不見常山
有弟亦人傑張目罵賊聲激烈男兒報國致身耳一顆頭
顱一斗血偉哉陳君風雅流皎皎浩氣橫清秋捧檄試政
彈丸邑民得父母與歌謳妖氛倏自壽張熾徑趨堂邑恣

虔劉飛蝗薇野蛾撲火一夜盡變黃巾頭萬民叫號戀舊尹諸梁左右森戈矛部署上城分守望官民一體誓同仇無奈孤城勢易傾環城草木皆賊兵計窮力竭救未至軍中一夜常三驚守埤皆哭事已去賊率輕鋭登堅城陳侯怒髮直衝冠手提一劍霜風寒狹路短兵再接戰人頭顱顱如走丸臣力已盡臣節畢此頭可斷膝不屈怡然含笑歸九泉幾萬賊兵色已失有弟矯矯眞虎臣揮刀直上劈賊人衆寡不敵亦被執亂刀齊下亡其身事聞

天子動顏色　詔賜廟食馨香新嗚乎天地有正氣生爲

全齡 即卷廿九第九葉

米齡 誤分作兩人

烈士沒爲神求仁得仁又何怨千秋萬祀血食江之濱

題萬丈空流圖

酒酣搖筆氣如虹寫出飛泉挂遠空應有雨聲林際起二
龍雲外鬬雌雄

題萬樹秋聲圖

金鐵爭鳴萬馬行虛齋一夜聽分明曉來欲向空林覓祇
有丹楓落葉聲

全　齡

齡字希九靈川人乾隆五十一年舉人

答麟岡高同年

百川東逝總歸墟乞得閒身寄一廬學圃自鋤幽徑草課兒時檢少年書浮雲去住心何有野鶴棲遲意泊如最愛鄰居多釣叟繞門活水是清渠

袁緯繩

緯繩字表章平南人乾隆五十一年舉人官羅城訓導有江村集

紀遊

蒼松古柏鬱百尺滿地濃陰鎖寒碧松花酒熟招何人獨

鶴翩躚去無蹟手把芙蓉度石橋雲中仙子爲余招瓊漿璃露不辭醉松風颯颯酣笙簫

灕江雜詠

暝色正蒼然荒郊遍野烟樹欹危石墜巖險古藤懸鶴唳悲山鬼漁燈伴客船宵深看短劍歌罷不能眠

遊勺泉巖 在羅城北郭五里

俗名黃坭巖予以其名不雅馴易此名勒石紀之

翠上春衫獨倚闌閒愁聊把酒杯寬庭留松影穿雲逕雨咽泉聲透石寒種稻人歸烟漠漠采芝客去路漫漫樵歌

互答音追遞犖确坡頭夜月圓

謁劉司戶祠

平生骨鯁本天成肯出忠言答聖明慷慨已能寒宦豎留傳原不在科名玉溪好句寃魂泣瘴海徵官匹馬行垂死只求臣職盡一犁曉雨課春耕柳志載司戶勸農死於郊外今墓存

陳元熹

元熹字蕉雪臨桂人乾隆五十三年舉人官內閣中書

聞繼昌首捷南宮臚唱復忝第一紀

恩志喜兼寄勗繼昌
共說巖中石柱連果然瑞事應名山何期柳岸衣沾後即
在槐廳手種間有好子孫慙
聖諭以窮措大領仙班獨憐汝母先朝露不及生前一觧
顏
祖宗貽福遠雲仍福至還期器可盛好以文章勤職業勉
求實學副科名出身豈爲圖温飽得志從來戒滿盈
恩遇最榮難報答老懷欣慰御愁生

卿祖一

祖一字六成灌陽人乾隆五十三年舉人官廣東海豐縣知縣

黔州婦人行

軍需到辰州轉輸軍機局舟行費牽挽搬運無車軸有女如雲來畧似戎裝束赤足負筐筥蒙帕施膏沐蜂擁上官船言來荷軍督暖日照花枝明霞泛水曲親串自結伴後先紛陸續須臾十七船逶迤道相屬言是黔州民苗賊肆荼毒當其淫掠時嬌好遭戮辱我儕倖粗醜道路得奔逐何以聊此生旦暮官給粥近令負行槖養活待家族泣然

出頭面言之滋赧恧諒哉此婦人食苦聊自淑烈火炎崑岡何分石與玉播遷雖仳離終免王師戮嗟彼脅從者失身那可贖

舟中

微風送我舟白日何杲杲負暄意微愜放眼山色老憶昔經過時群芳紛妖姣節候有變更陳迹已如掃惟有篔簹青臨風拂矯矯嘉茲君子心幽崖用自保

彭廷椿

廷椿字南堂平南人乾隆五十三年舉人官國子監

抄

典簿

銅鼓歌

有鼓有鼓大於鍑削腰皤腹廣其脰翡翠沈碧珊瑚殷土花斑駁古銅瘦天地爲鑪鑄何代蟲魚花卉精彫鑱龕山象執玉帛會鮫宮鯨翻波浪皺或錢或璧或籧篨如繪如畫如篆籀黿鼉跳躍蟾蜍蹲蚪螭蟠結老蛟走歷劫兵燹忘歲月惜無款識糾悠謬惟鼓有口不能言後人聚訟說何陋或云伏波討交阯山谿霪潦溽寒溜製鼓擊之驅煙嵐蠻烟瘴雨壽邊陲或云諸葛當南征五月渡瀘火雲驟

鼓聲淵淵賊膽寒天威所至降窮寇或云鼕鼕千牛易或
云應鼓百金買或云新息獲越鼓鑄爲馬式須外廐裴淵
博洽誌風土卓論一洗衆矇瞀吾聞貍獠處五嶺林深箐
密等猨狖風俗不識尊詩書嗜好但覺後雄富饒金各矜
鑪錘巧椎牛相覺賓庭廇槃瓠子孫皆見招精夫娭徒盡
聚湊蠻鬘屬毲輝班蘭金釵銀簪互擊扣蘆笙竹管揚鑾
謳瑠璃虎魄唧絲酎有時蹀血尋私仇都老鳴鼓召角鬥
獉狉蠕蠢蠻觸攻鏗鍧鏜鞳虎豹吼歲時伏臘事報賽叢
祠撻鼓樂勸侑飛頭捕蜩烓奇惟山魈木魅飽酬酢聲教

淅被稜蠻風鼓亦洸淪荆棘覆蛤鳴閤閭鑾酋塚牧童唱歌農銚鎒斸鋤閒爲耕者得呵護疑有鬼神祐潯州銅鼓灘怒號漁人網得獻太守前朝躍出後散佚刻意搜剔邈難遘吾鄉銅鼓委林菁叢祠野廟往往覩以余所見亦足珍摩挲後昬每逗留當其埋沒泥塗中飽閲風霜歷幾旹爲秦爲漢不可知以手拊之苦搆擩韓蘇昔作石鼓歌我歌銅鼓窮研究神物顯晦會有時銅花金薤爲誰躪

韋毓瑚

毓瑚字殷六臨桂人乾隆五十三年舉人

春日柬友人

夙有尋春約同欣杖履輕遠山穿樹見荒竹過牆生息慮雲常寂忘機鳥自鳴遲余塵事掃重與訂詩盟

山園舊植梅樹日來當有花矣用林和靖韻

臨風遙想骨珊珊欲索巡簷一笑難詩爲格高偏有韻香因清極不知寒幽懷每向山中臥疎影還宜竹外看準擬明朝動歸騎不辭風雪擁吟鞍

蘇獻可

獻可字孟侯鬱林人乾隆五十四年舉人官宣化縣

教諭

除日換桃符口占

送臘迎春百物妍名言是寶作家傳荊妻笑我無多字新
紙年年寫舊聯

黃蘇

原名道溥字蓼園臨桂人乾隆五十四年舉人

贈友

樂安及豫章兩榻待高士徐孺與周璆惟其能稱是漢世
重儒風陳蕃獨有此此風誰爲繼太守不識字良禽擇所

栖寄生將妾寄君行旋復歸無庸慨斯世

民謡

粤西田粤東穀粤東飯粤西粥手背手心都是肉暹羅固
不可獨稜河內粟

遊響霖庵

松徑幾盤山琳官接杳冥江流雲外白山入座中青谷鳥
有時響天花到處馨夕陽聽晚課童子亦能經

重遊響霖庵

可遊不可住羨殺住山人留客梅千樹催歸月一輪性空

叅佛界累重限風塵迴首雲深處還餘未了因

案上菖蒲和吳柳山廣文

九節珍仙種芸窗歲月賒瘦因身困石清以水爲家過臘猶餘翠經春也著花康成書帶草未肯讓風華

書齋即事答竇蕉畿廣文

書屋枕山阿清輝入照多林花鮮着雨池水靜無波座接青雲客詩聽白雪歌我曹宜曠達戚戚定如何

寄三兒暄

爲官不易謀歸計此日言歸豈數奇中外誰云供職異行

抄

藏穗愧讀書遲還家暫遂田園樂治邑須勤富教思何用
更爲元相語共憐韓愈爲僂其

潘鐲

鐲字獻上桂平人乾隆間貢生有濠舟詩集

弔忠烈劉公墓 桂平

碧血孤城地黃沙古戍鄰死猶依父子生不愧君臣有廟
容稽首無家戀象身忠魂應殺賊莫但作星辰

山居二首

結屋離村落爲園傍水涯孤高千頃竹風豔半闌花麋鹿

常爲友山林自一家柴門容謝客默坐讀南華
饒有烟雲趣逍遥任此身彈琴消白晝把酒對青春砌逕
苔侵屐簾開鳥狎人未能謀遠略小築避風塵

秋江雜咏二首

舟路出三灣灣灣萬仭山荻花秋露重楓葉夕陽閒寺古
藏雲小江寒下釣艱推篷舒倦眼暮鳥併飛還
十里波光淡悠悠寄此心亂山歸路遠斷岸白雲深激水
分清濁啼猿共古今蕭然吟望久涼露上衣襟

晚步閒耕二首

雙柑斗酒聽黃鸝到處田看雨後犂轉過陌頭楊柳畔長
虹斜壓水心低
溪流香沁樹交花烟霧濛濛一半遮日暮山橋回首望鳴
禽栖滿野人家

汪廷璐

廷璐臨桂人乾隆間諸生

紅豆詞

春風吹我衣春月入君懷一樹紅豆君手植結子離離傍
春臺君種紅豆我在傍紅豆結子君已去天各一方道里

遥榔花團風不知處紅豆一粒淚一珠珠珠粒粒爲相思
我欲緘之寄與君恐傷君心緘遲遲豆兮豆兮爾何知

石漢 嶓源

漢字汻浦藤縣人乾隆間諸生有溪香詩集

讀李太白詩風雨驟至

我讀太白詩如入蓬萊境飽餐上池水使我心清迥緬想
身世殊悠然發深省坐我白玉樓樂奏笙簫迸唳我赤鳳
睇沃以瓊漿冷一身飫且樂未覺夏日永雨聲忽澎湃六
月變險猛電擊重雲黑疑是蛟龍騁不然作鬼神變化出

俄頃平生明月身此際空留影掩卷起長嘆窗竹搖斜景

山家即事

山人本好靜倚山自結廬非欲外世俗但喜喧囂疎松月涼醒酒風泉清讀書日出把耕犂種我山中蔬上植嶺上桂下植蜀川芋老妻固勤事稚子亦能鋤因地相所宜乘時尚勞予既免催科苦又無長者車春秋倘十易嘉樹蔭覆閭設言富與貴飽煖即有餘功成倘身退而我當何如永矢有欣懷職思賦其居

夷齊

孤竹留雙逸清操冠古今欲達天地意始見聖人心叩馬辭何切釆薇蹤自深首陽山上月夜夜照空林

憶亡弟

過隙駒光流水奔數莖白髮鏡中痕少年夭札人難料多病筋骸我幸存天際飛鴻秋落影夢中芳草夜銷魂老懷骨肉悲何限黃葉西風獨閉門

山居雜興

四面雲山繞一家門無剝啄足桑麻繞墻幾曲寒溪水半灌良田半灌花

抄

百年身寄白雲間今古英雄若等閒春掃飛花秋掃葉不教隨水過前灣

李　均

均字子甫馬平人乾隆間諸生

立魚峰題壁

偶有渡江約烟霞歲月侵江山如舊好我輩復高吟潭影涵天地嵐光自古今平生琴酒暇能得幾登臨

三管英靈集卷三十

福州梁章鉅輯

張鵬展

鵬展字南松上林人乾隆五十四年進士官通政使

司通政使

蔣四雲亭刺史歸太倉

莫厭夜坐久珍此銀燭光海內幾知己況復多參商憶昨
初見日曾隨詩禮堂陳荀有世德過從相攜將皤然兩老
翁清漏引話長小子才垂髫隨君兄弟行花下侍杖履筆

札戲東廂誰知一別後風雨卅年强中歲偶聚會宦跡各異方迄今又一紀積思縈飢腸報政京華春重泛故人觴感深念前桀語結不能詳存者惟吾輩鬚髮忽已蒼東風入蘭闈意緒難裁量明朝五馬去江海渺相望行矣各努力明德保餘慶

擬古七首

佳菊自矜勗春夏沃條莖惜香秘不發豈與羣卉爭亭亭歲華晏淡薄欲何成寒泉漬靈荄風露洗金精伊古龐眉翁吸藥得長生存茲濟物性蕭然寄孤清

寂寂啼鳥散靡靡幽蘭芳素月度重闈藻漪生虛堂美人
時獨立衣露素琴張渺渺千載心孤懷誰與量閒雲不成
雨淡意欲何將感兹理清曲曲罷碧天長
端居觀物理營營聚衆欣啖啜恣蟲螂得失糾紛紛昔時
獨懷子轉與饕餮羣美好爲心累情癡無垢芬鼠厠了未
悟蛾膏竟自焚惟應青田鶴餐冰唳白雲
桂樹生南海團團自成陰稟氣清虛府獨秀秋風林一枝
遞京國遂別南山深孤老託盤盎兢兢遠人心芙蓉各珍
錦皎鏡美華襟野性非適俗漫畏遠見侵冷露寡所諧夢

斷湘中岑

烟鎖百尺樓月上東峯頂凝輝射綺疏碧空注孤影天半皓歌聲嬝轉依漏永欲盡未盡思隨風到入境深知歌者苦亦尠識者領自非千載人幽懷誰與省翺翔雙靑鸞矢音答酸耿

亭亭孤生松託根千仞岡獨立豈不偉孤峻難爲芳萬里噓長風才小欲自量排雲愼羽翼无首龍之祥不危何處高絕物衆所傷守雌天下谿君子道其常

束身事羈遊冉冉無寗役迴想舊所經風草無遺跡知音

半零落渺若前生隔日見少者老何乃今猶昔感物悟時
遷志行苦未積中宵雨墮瓦沖懐增震惕人生期百年百
年何所獲補過希前修寸陰逾拱璧

辛未除夕與同人飲於四照樓和東坡寄子由韻

饋歲

情意苟不薄木瓜勝瓊琚物薄而誼微析糠為車輿人生
違井里親串日以疏客宦盛禮文真意何由攄言笑恐非
我況茲百物餘亦感節候換饋遺聊相於名柬數往還紛
紛喧前除緬懷素心人風雨萬山居何當歸衡茅握手得

軒渠芹橘亦不惡相見物之初

別歲

憶昨餞春歸陰濃烏初鶵看看春潛生電影驚飛瀑歲鑰遞轉環告別何太數來者旋教去去者不可捉依依似故人綢繆纔一握今夜送將歸眷戀意良慇同人聚芳筵金尊侑瓜飑相將酹一杯別緒成緬邈去去豈重回誰向燈前覺

守歲

天地無停機晝夜磨旋螘冉冉催流光有如車輪駛人生

逾半百去日苦多矣况復已巔餘老至可僂指揮戈欲相留烏兎迭驅軌赤繩長竟天誰能繫之止守歲競俗未偶逐兒童喜更鼓數添撾相對喧庭尾誠恐歲蹉跎今夕聊復爾片刻勝千金此意非不美百年常鼎鼎一息詎足恃遲暮悔何成殷鑒甯非遥着鞭在機先寄語盛年子

留仙村雜詠

蓮花寺鐘

衆流環一村陂塘湛清泚勝地如蓮花古寺踞其蘂居人數百家樹蒡相因倚緑檐互映帶照影明鏡裏午夜鳴寒

鐘月華滿井里深巷聞驅牛書聲斷續起婉轉和鈞天餘音渡雲水斯時會心人悠然悟太始何必訪桃源境靜俗自美

璃霞日出

溪漫諸塘合天水淡瀜瀜軒然孤樹圍兹阜宛在中託形既眇小渟涵入洪濛東嶺明晨霞葉隨波玲瓏面面渾不隔翠彩淩虛空人從鏡裏來萬象羅天工潛窺飛鳥影俯察行雲蹤寸心與物態悠悠符昭融即此悟生理元宰何由窮

廸麓

蒼蒼十數松落落三五石瀟灑饒奇趣云是仙人跡清風颯然至疑聞鶴背笛偶來揮麈坐六月失炎赫徘徊不能去悵望還山客購宅擬結鄰相距僅咫尺頁時恣獨往徙倚遙天碧

小蓬萊

中塘三十里遙峰紛在矚左右翻羣龍飛泉爭漱玉一溪匯青冥大廟峽徵束徑流下芳甸到此始一曲佇想雲深處泉脈神所劚出山靄餘清中涵太古緣幽鳥自矜籠鰝

羽聽更浴對斷合濯纓翛然期遠俗先祖舊題咏蠹蝕尙堪錄細誦風滿林砭骨散炎溽會當守貞素毋貽寒溪辱

松亭

四圍山色稠萬松翕寒翠就中一峯低絶頂孤亭置憶昔避俗翁於此適閑邃長吟亂清濤洽洽暢高寄去今垂百年溪風自鼓吹日出霧露餘兎絲炫靈異昨感夢中言苓香猶可餌盍言安蹇劣茲爲養醇粹

金斗

孤村橫練影清江帶其肘決渠引澄波勢迴東北走茲坡

扼厥衝卓立如覆斗相傳實產金是爲水之母至今明砂畔英氣孕育久往往如飛螢夜光生黑黝遠望時復熱尋之了無取真精溢奇彩若遣神爲守感斯三嘆息懷寶愼所有

上巳和烏五元韻

生平躭奇趣山水尤所貪况復值佳節風光三月三槐火石泉六度新高齋寂寞過良辰流觴未訪蘭亭友捧劍甯知河曲神明日春城花處處花飛欲送春歸去龍池草色已生烟太液垂楊潛作絮爲問春風若處多天南天北夢

中過憶到少年風浴地茂林修竹近如何

溫觀察殉難公諱模廣東順德人甘肅通渭縣典史乾隆四十九年回逆反通渭失守公殉難贈觀察銜其子蔭知縣

當亭石鼓連宵振玉狼天水如屯蠭妖氛直渡華川水隴西數雉失堅墉宰治者誰靦然在逡巡不敢攖凶鋒謂縣令王某賢哉使君激義憤力買餘勇千夫從白鴿揚鞭青蔦旆乘陴七日去渠衝蕪菁不繼壯士死呼天就義猶從容王師破竹掃殘孽狼烟蕩滌首禍烽當事封章陳厥志帝曰嘉茲式靖共黃麻尺一組五色 恩綸稠疊下九重

貲延於世昜爾後勵翼厥德作爾庸翼戴尙有生前志補
之後嗣惟益恭鳴呼杖節有餘耀聞風千載感愚惷

盤石溪

穿雲曲磴十數里忽開村落兩三家幽溪麝過芳草動小
巷雞鳴寒日斜對談老翁憩盤石攜浣女兒簪野花行客
徘徊虬樹側又恐重尋隔烟霞

癸未八月陳研田惠壽詩兼致緞軸逐緞次元韻

連宵佳夢景色殊侵晨起坐思鬱紆傍晚遽使壽芋匾一
緘題識松鶴圖重陳繡緞來吳都開函珠玉煥座隅清詞

一一瓊葩敷云是山翁作壽娛竊惟雲上于天需飲食燕
樂盛傳廚僕本乾坤一腐儒望　闕心遙鶴影孤養痾自
分山澤癯更無習池邀朋徒纂組不與山雲俱封還錦纈
氷篔敷珍句諷玩等玉鋪泥飲時倩花枝扶花露滴香雜
清醐醉聞琴銑疑吳歈沿階渠水寒跳珠自古賢達不一
途刻舟求劍何爲乎哦松主人得善謨吏隱奚必居蓬壺
胷無城府羣情輸官冷常使心跡符避俗文章尤避諛不
知春風能噓枯與我同此白髭鬚暇日邀我聽松竿靜看
晴雲上修衢

十六夜偕湯謙山鄭榕塘步月至曾紫光黎府迎秀堂暢飲適粱宜亭陳兆瑞亦同至共援筆分體賦詩得田字

每因酒狂欲上天況復高會列羣仙南豐素性喜豪放燭光鈴閣開瓊筵談笑風生詩興發不惜美酒斗十千謙山得意書更疾奔馳應接四十賢谷口子真亦瞻遜搖頭撫手笥便便愧我枯腸搜欲遍确犖州留耕石田强復湊字成烏合終難彈丸脫手圓宜亭兆瑞最後至搦管亦如下水船靜據隱囊抽秘思含毫風度雅翩翩文士至樂在聚

首揮洒壯志淩雲烟對酒若不傾懷抱未知此會更何年

題吳渭川贊府檣搖背指菊花開小照

人生蹤跡不可留寒香得氣山骨秋欲住忽住津鼓動將開未開花意幽吳侯本是淡巇人心隨一葉相夷猶擬艄蒲帆此一去清泉白石乘櫂謳擷秀襟期森玉節臨風渺靄木蘭舟鼓枻揚舲入佳勝朵朵清芬指後頭

題陳石鋮觀察楡關試馬圖小照觀察初筮仕永平作圖今已三十餘年矣

宦蹟勢如不羈馬蹉跎歲月誰能假一駒東風送驊騕遺

陰處處甘棠下先生初筮出榆關年少風流意態閑幾度春風駈越海青驄又駐碧雞山祇今按節夷門道南陽鉦鼓罷征討驌驦朝嘶少室雲精神閲歷龍駒老卷裏北平三十年杏花春雨想依然平生細閲經行處盡佐良謨入奏牍

董家堤遇雪

黑雲冥冥風勢惡日夕雪花如手落行人黯憺馬不驕荒林凍煞枝頭鵲依微火起問前村主人聞語為開門抖擻衣裳竟入座紙窗窸窣梅花翻往年春半寒應薄今年二

抄

月寒猶作野店清燈萬里人中宵氷硯吟肩削詰朝侵曉渡黃河未識河邊積雪若許多

崑崙關

北水歸臨浦南雲控古邕一關通鳥道萬仞鎖螺峰壘石層墉舊明珠置譯重無須談將略薄海盡堯風

山心塘

山轉疑無路肩輿日欲西千峰連束峽一帶遶回溪徑僻驕松鼠田深下竹雞丁丁聞伐木人隔白雲栖

聽夜泉

何處峰頭落幽人未卧時風來聽漸近林靜渡還遲細與
松聲間清偏月下宜草堂少絲竹此韵最先知

送淮陰丁明府

琴囊隨襆被及境有賢聲細與春農語徐聽好鳥鳴花香
浮甸滿月影入淮清想得公餘地含毫寄遠情

秋杪江亭有作

寂寂江亭晚寥天秋氣微湘流終古淡鷗意背人飛一笛
生涼雨千峰對落暉扁舟無限興惜與此心違

陳處士書齋

幽境客初到已知塵外心池寒蒲影定藤老鶴巢深燈燄耿虛壁泉聲過遠林别來良晤少對話寺鐘沈

送顧某下第歸越

古調自怡悦還攜秋卷歸但憐今夜宿重與故人違雲淨吳山出江晴越鳥飛明時有公道終莫戀柴扉

同盧校書遊新興寺

野興惟君共尋幽野寺閑鳥聲連塢靜宦跡對僧閑鶴憩池邊石雲歸竹外山蕭然足清賞日夕淡忘還

過横山顧山人草堂

路轉峰隨合入家何處雞客穿青壁盡屋隱白雲低山樹寒依石沙禽晴傍溪蓬蒿沒行跡悵望碧橋西

過湖南羊處士別業

結茅依澤國秋色淡衡門遠水疑無地寒雲自一村鳥還烟嶼寂波漲石渠喧更有前峰月時來釣石温

至桂林與鄭榕塘訪桂

夙興瓊華約風高入桂林如何遲暮意兼感別離心之子小山夜洞庭秋水深玉盤無以報空憶琅玕金

經漂母墓

爲感淮陰事殷勤奠渚蘭侯王陳迹幻貧賤受恩難細雨行人過春風古墓寒饑鴉飛去盡空對夕陽殘

涿州道中

三輔嚴關地神靈護　帝疆山川尋督亢村里問樓桑古俗猶淳朴稠人自守望四郊寒夕照客路馬蹄長

趙州留別何不園刺史

憶昔逢新雨聯鑣在　鳳城忘形容賤子投分荷難兄南苑看花入西窗刻燭明相看如昨日懽好重平生八載虛朝識歸禽覺舊林春風三輔地落日五湖心匡濟

君知勗漁樵我獨吟詰朝分手後相望白雲深

安陽道中

介馬過磁州風高馬力遒遠烟蒿少出斜日濁漳流石盡韓陵圯人誰子建留故都存鄴下訪古意悠悠

轉斗灣阻風

曉發宣城櫂停橈轉斗灣雲陰迸撥水濤勢欲驅山前所孤村失中流萬馬還平生忠信意笑指石尤頑

合江亭

襟帶三湘合中流此一亭石橋連小嶼蘭槳逼疎櫺洞隱

朱陵碧峯迎紫蓋青螄翁留句在恰是酒初醒（朱子詩酒醒朱陵洞裡風）

潯江遇雨

暝烟纔破曉驟雨壓江城枕警人初覺篷虛風更鳴頑雲屯樹杪飛瀑亂灘聲誰見汀洲上萋萋此地情

蟬

性乃耽高潔知難臭味同行藏幾碧樹身世一清風鬢短形徒役心長調轉工不嫌晨夕數相對有山翁

舟過松林灘

抄

舟入松林險行如蜀道難奔雷爭一峽驟雨失諸灘峰仄
天疑轉崖陰夏尚寒鷓鴣啼不盡處處出雲端

得八兄秋闈喜捷

忽接南來鴈吾昆有捷音賢書　九重達世德一家深屈
指長安信知經慈母心今宵同不寐未隔楚山岑

劉司戶祠　因

司戶南來瘴海濱春秋廟薦潔青蘋曾應下第成千古不
愧登科復幾人書上帝閽憂誤國魂依荒嶠老逋臣九原
應恨言終驗諫議旋加死後身

抄

黃鶴樓

層樓迥出俯江天一度登臨一惘然東下烟花自三月高飛雲鶴又千年昔人何處芳洲樹過客空停漢口船玉笛不聞風欲暮龍吟暝色過晴川

衡陽留別范大青子

曾記聯鑣騁　帝畿金臺別後素心違鳧飛湖口連天遠鴈到衡陽作陣稀合喜花開尋舊雨祗因草寸戀春暉清湘一棹催歸者知隔青山又幾圍

蒼梧夜泊

浮洲百尺鎮波心越嶠東西限帶襟五管濤聲歸海疾九
疑雲氣接天陰月樓人去江風冷冰井銘殘石蘚深夜靜
采珠船一起歌羅城外蜑人音

秋日登樓

萬感叢來不可删角聲遠起夕陽山拖城寒水流何極僻
海孤雲去未還鴻鴈久無鄉信至川原卻羨野人閑宦途
歲月如梭織望盡天涯淚暗潸

桃源洞口

昔年曾讀淵明記今日臨流欲問津洞口依然封自古桃

花果杳暗生春緑知漢魏之前事直似羲皇以上人往跡追尋徒徙倚蘚痕深處石璘璘

庚午春 命典試山左闈中用蔣司馬韻

聖主恩深寵命緐到來洙泗訪淵源自慚蠡勺臨溟漲每對琴材惜燒痕後日知誰能報國此心諒我乃通門聚奎堂上三更燭好與同懷得細論

落葉

臥聽風雨攪閑眠爲起開窗月在天暗逐鴉翻辭樹杪亂催蛩語墜階前故人斷絶山中徑遠夢寒生江上船此夜

夜長思萬緒祗應燈火對殘篇

爲呂崇如題水花蛺蝶圖

名花深處任相羊自在天風自在香款款逹神收不盡許多意想與滕王

塵中正憶露華溥又恐風情被眼瞞攜過花橋南畔去池西相對一開看

樊城曉發

東風吹雨細無聲一夜襄陽春水生峴首雲深山不見數筒烟雨下宜城

槐庭

飛薝駢闐鬧六街閑門深掩似山齋攤書晝倦渾無事細數元駒上古槐

三管英靈集卷三十一

福州梁章鉅輯

熊方受

方受字介茲永康州人乾隆五十五年進士官山東兖沂曹濟道有偶園小草

退菴詩話云介茲先生由詞垣改儀部入直軍機出巡齊魯宦轍所至余皆步其後㕓先生嘗笑謂余曰我與君可稱四同最後訪先生於揚州導余游平山堂諸勝並爲余題滄浪亭畫冊且畧舉生平得意之句如詠春草云滄江紅豆人千里古戍青烟夢六朝輓葉丹厓河帥云四海交遊成債帥十年心血瘁河干皆不能記其全篇今又閲十餘年先生之喪尚滯邗上而其遺集亦屢索之[illegible]獲可勝惘然

題蒯通傳後

殺人亦見英雄手功臣葅醢如屠狗跟前為虜賤且微頃刻殿上攖危機能回公怒令公喜桀犬吠堯兩言耳九鑊公然逃一死惜哉數奇不封侯輸他季布與雍齒

為康蘭皐中丞題城南顧曲圖

大節堂堂文信國早歲徵歌亦選色雲間嬌嬌陳子龍寄情聲酒（四字見忠裕自著年譜）何從容後賢恭儉雜機巧烟霧迷離不露爪醉演春宵祕戲圖脫粟留賓強人飽聖門事君戒勿欺矜情飾貌將奚為發乎情還止禮義國風好色何須

遊韋杜城南尺五天周郎顧曲偶流連那堪一別如風雨
重過前庭意惘然

醉中書韓襄毅公軼事後

韓公作鎮嶺西日百僚震慄皆股栗太守公然饒舌來手
押重重封誌客公召守入方啟封絶代佳人合中出便教
行酒侑觴斜照街頭歡讌畢依舊緘題似向時命守畀
之歸守室皆儒對此心慈然歎公大度仁且賢賢者自來
不可測覺以濟猛防其偏古云亂國用重典誅守立威夫
何辯襄毅堂堂為大臣乃效婦女誇慈善豈知磊落真英

雄舉動自有名將風背只津津談律例拘文牽義如冬烘
百蠻蠢動勞撻伐特建高牙擁節鉞我方鐵面凛冰霜守
獨何人事干謁以身試法膽氣豪詭狀險謀亦寡匹倘窺
趙排呼妓心故遣紅顏軟剛骨使貪使詐正此時此時此
人安可罰罰之必有計脫逃將北走胡南走越何如收入
藥籠中緩急可倚成奇功羌未啟緘知有物守應服公明
且聽啟緘開合了無怍從容飲啖尋常同更當服公大如
海萬怪惶惑波瀜瀜不爲守餌不守黜公之用意守豈憒
士爲知己死可願那惜捐軀酬一飯行間多少跅弛才意

外功成賜丹券吁嗟乎童年記讀垂崖傳一言扼要該千
變萬古茫茫知者誰冠裳空擁中和殿

呈蔣礪堂前輩

夜靜珠垂影天高露洗秋風簷才十字月旦已千秋劉文清公得卷後謂同列日此人必爲太平宰相姓氏兒童識勛名鐘鼎留應知衣鉢
在計日卜金甌

黃天蕩

日氣欲沈西雞寒午不啼風高一鳥過江闊萬桅低遠斷
迷煙樹當年震鼓鼙蘄王征戰處波浪拍空堤

毘陵舟中悼亡女孟嫺

風木餘生涕泗橫那堪喪女又沾纓三千里外傳聞信二十年來顧復情女子何嘗無福命天公豈果忌聰明孤舟歲暮寒燈裏亂攪愁腸到五更

古寺蕭蕭寄兩棺又添新櫬耳房安世尊也合低眉坐過客都成掩面看遠道招魂悲雨雪中年多故損眠餐更憐汝妹長安寓哭姊思親淚不乾

臘日次女潤華于歸偶成四律即示敦臣陳壻

香雲凝碧燭花紅幼女牽絲灑水東調瑟勉爲才子婦知

書幸有外家風日長糶閣初添線雪霽巴山早挂弓（外舅駐守宜昌時將旋節）斧繡歸來重慶洽美湯好進畫堂中

坦腹當年記我儂女蘿今又託喬松婚姻累世同王謝禮法名家緬郝鍾慚之寶奩充夏屋喜逢臘鼓報冬春春風好卜庭闈壽豫采梅花釀酒濃

畫仿天池妙墨留翛然標格稱瀛洲花因得地香逾遠句好如仙韻自幽千古最難逢快壻三江應不愧名流吾鄉闕典郎君補努力　熙朝作狀頭

嶺右衣冠第一家絲綸世學擅清華鳳毛又待干霄上篔

瓦遥看映月斜思母情深憐稚齒還鄉路繞謁高牙向平遣嫁心粗慰只媿難同玉潤誇

十一日將解纜南歸留别敦臣壻

為教愛女事元方匝月荊南小頓裝三日看成花燭禮一帆重掛水雲鄉官斎借廡棲拏便眷屬即寄署中祖帳挑燈索句忙幾度欲留留未可半窗寒月正昏黃

座中抵掌四筵驚膝下牽衣百感生失母兒尤難别父能詩人自解多情幼同筆硯成佳話世說絲蘿憶舊盟看到梅花應念我烟波萬頃一舟横

除夕舟次

爆竹聲中屢換年年年此夕隔靈筵翻從鼓罷祥琴後重洒啼痕丹旐前雞黍一樽殘臘祭山川萬里獨歸船幾回灑淚凝眸望凭几音容尚儼然

病裏猶催祭祖堂先太恭人以辛酉正月六日捐養庚申除夕尚囑祀事宵分祀竈酒親嘗怕兒腸斷呼孫囑皈佛心堅語媪詳布購西洋教薄殮旛歸南海傷慈航乩壇語燈昏月冷真凄絕急雨悲風古渡旁

亡弟慶之几前

聞道靈光又轉輪故園歸櫬倚江濱去留也似無憑夢生
死都成未了因廿載清恬知爾慣一舟偪仄諒兄貧戢身
棺外唯容几灶罷爐香淚滿巾
銘旌黯淡夜沈沈愴絕難彈子敬琴酹酒還生童僕歎對
床猶是弟兄心我餘幼女婚粗就君有遺孤婿待尋畢竟
誰家門戶好茫茫何處覓知音

和季亷夫見贈原韻

一別揚州十七年重逢老友倍欣然凭欄但覺清於鶴下
筆猶能湧似泉夾岸花光浮水上隔江山色落簷前都粱

何處生香細妙墨千行四壁懸壁間皆穀人墨卿諸先生手書詩帖雙樹菴中訪舊蹤同攜蕉扇不扶筇善言名理何平叔雅愛清談阮嗣宗謂何夢華阮梅叔兩先生風定禽聲喧百轉日高竹影疊千重解衣磅礴登禪榻小憩偏教睡意濃

十萬琳瑯四庫書手披每坐夜窗虛任他官貴施行馬讓我心清校魯魚讜論時能驚老輩小疵從不累鈔胥休言一第遲難得胸次經綸自卷舒

耽靜年來註梵經挑燈更自讀黃庭光生虛室三更白雲歸長空萬里青淨品我慚荷不染贈詩有不染心同出水蓮之句倦遊人

却羞初停小詩敢比瓊瑶報一笑同看鬢已星

曹縣城上作

譙樓百尺月彎環夜閃珠旗北斗殷豁達度因姦反側激昂語爲厲愚頑刀光照堞千堆雪雲氣橫堤萬疊山不待聞雞先起舞風前忘却鬢毛斑

十月十六日初更大府檄知蒙

賜花翎敬賦長律以誌感愧

詔書褒勇到文臣平定三省方略恭載諭旨云道員熊方受甚屬奮勇捧得翎枝拜寵新敢謂飛揚添意氣爭看搖曳助風神華燈照顫

黃光見圓月當頭翠彩勻慚愧薦章誇膽識（啚吏署考云實係文員中有胆有識之人）略無勛業畫麒麟

別東昌

魯連臺畔夕陽斜罷郡匆匆上小車差喜贈行無瓦礫却愁將別負鶯花飛來峯小春留影（署偏有齋名知足山石上舊刻小飛來峯四字）知足齋深鳥不譁出郭青旂猶昨日勸農父老話桑麻

妻姪陳蓮史及第詩以賀之

果是馮京卽馬涼（修撰舉解時名守叡改今名及第坊間所刻全錄又訛爲朱姓故用忝知事調之）星明奎壁照吾鄉桂林山水甲天下賢相勛名施四方

高祖卽榕門先生詩好識傳仙洞石修撰名繼昌字哲臣桂林山洞有石筍如玉柱下垂諺云石筍到地狀元及第至是觀之果然並洞壁刊七律詩分嵌名字洵爲奇事也夢奇身惹御爐香夢捷報到門展視乃今名詰以錯訛其人答云今歲會狀必是此名簪而更名恰符夢兆

聖皇周甲初開秩獨立鰲頭捧壽觴

六秩椿庭介壽初父荔衣中翰方慶六十壽更聞捷報樂何如黃堂分貯泥金帖世父春宇郡伯方守銅仁綠野無疑賀火書隔年前相第不戒于火有謂華故鼎新之象一㨾三元偏跨竈嗣父銘庭以小試三元入泮卅年時年三十九

陛聽傳臚百花頭上開原早好把調羹事業儲

悼亡

一鑪榾柮伴寒檠夜夜忘眠到五更病慣翻教驚轉死緣深最怕續來生掌珠孤負庭闈愛先太僕公曾寓書松山外舅云新婦頗嫻禮法愚夫婦視若掌中珠也口角成全婢僕名不喜言人過失二十年來中饋苦祇餘兩女淚縱横

生前戲語倍神傷欲葬梅花老樹旁嘗言夢中頻見梅花萬本意極清快宜昔人死亦欲葬梅花下也似有夢來偏省覺便爲情死亦尋常鼓琴筵

此無知已遺櫬何時返故鄉少日誦經今坐逝爲君日日
禮空王

弔陳銘庭舅兄

婚姻兄弟性情同延首前遊事總空天若假年詩可聖人無怒色鬼偏雄君恂恂儒者歿後童子或侵其墓輒有疾禱之卽愈生來仙骨宜山澤差慰孤魂傍祖翁墓傍東陂村文恭公塋側太息新墳今宿草重將涕淚洒春風

輓外舅陳太僕松山先生

怪底連宵夢亦哀五千里外訃音來心癡祇願傳言誤道遠空將病藥猜匝地烟香湘水咽潑天雲壓泰山頹側身苦望荆南路暑霧沈沈晝不開

相門才子　九重聞　寵詔頻頒出五雲綵綬許歸將大

父文恭公予告歸里時特命公護侍行舟璽綫特起佐將軍翎影雀尾儒

臣貴丁內艱日請從事征苗福文襄郡王奏特賜花翎書進螭頭帝問勤公進

皇輿圖及書賦各詩上特名問獎賚温綍祇今加贈蔭龍光常照峻

山墳恩賜祭葬公塋在暖山

同堂四世務盈庭秘閣雄州互顯揚長君春宇新領刺史次君蕉雪入直鳳池

老鳳正聽雛鳳和孫枝都染桂枝香令孫秋田昆季均登賢書兩湖戰

地思膏雨一晌悲風易夕陽凄絕秭歸西去路獨騎箕尾

上天間

正直如公能幾人鬚眉凜凜亦神明九州交滿家惟舊百

種書成壘尚新宗器春秋感霜露仙壇氣象動星辰椒漿奠値中元節天許扁舟逆浪迎

將出都門留别同人

不才如我合歸休重過都門且暫留行道也知憐拙宦故人尚許共春遊孤城鼓角餘前夢多話及予防河與守城時事遠地鶯花感寓樓此後梅林逢驛使一枝好寄嶺西頭

題梁茝林觀察滄浪亭畫册

果然城市近山林竹樹蕭森夕照陰不是名流數觴詠幾忘霸主此登臨地分綠水長洲苑人抱黃花晚節心秋霽

天容眞一色羅纓歌罷更題襟

徵詩剪夜到星郵舊雨今朝又泊舟儒雅無慚梁學府風流何減宋商邱七峯盧墅新添稿公方輯樞垣紀畧九曲河渠正借箸再向滄浪亭畔過看公八座擁旌旂

登岱

摩崖千仞削青雲策杖捫蘿曉色分萬古此山先得日諸峰無雨亦生雲微茫海影空中見颯爽松聲下界聞更上登封臺頂立撲衣蒼翠落紛紛

隱仙山六朝梅

六代經今不計年如君卽是隱中仙九秋倚石餐凉露半樹如船臥晚煙春至依然開爛漫月明猶自弄清妍獨含生氣渾忘老偶遇林逋一囅然

癸未新正十日曾賓谷中丞（燠）招同汪劍潭太守（端光）程定甫廉訪（贊清）李靜齋比部（周南）阮梅叔明經（亨）李閒甫觀察（秉鉞）宋芝山孝廉（葆淳）讌集節署梅叔明經賦詩以紀其盛因和其韻並呈賓谷中丞

題襟館裏許相親此際重扶大雅輪節署喜開三日宴桃庵先讓十分春（人日中丞偕賓客游桃花庵）地原東閣延賓處公是南

豐再世人生長太平好時候竹西鼓吹一番新
輕裘緩帶飲華筵杜老還應歌八仙花氣熏成重釀酒簫
聲吹暖薄寒天關心鄉夢三千里回首前遊十九年謝傅
清談推第一共聽絲竹更陶然

夢孟嫺女

風前淚眼若摩娑百事茫茫感逝波小劫汝還塵夢短空
江天付客愁多磯頭月影搖虛幌海外潮聲接普陀何日
懸崖齊撒手免羈人世起悲歌
頻年骨肉太凋殘怕聽秋聲向夜闌癡想團欒甘作鬼飽

經憂患早忘官病澆村酒三杯苦倦對書燈一穗寒剩有病妻和幼女舊衣手補話艱難

雲司蘭省總匆匆八載瀛洲夢已空樞直可憐身乞外諫垣猶有疏留中隄邊鐵弩潮終退城上靴刀氣自雄慨未九原隨老父僧菴埋碧哭西風先太僕公死事大名跡留磚上後貯城北寺中

口占示陳蓮史殿撰

偶然負手對斜曛身世眞同一縷雲敢謂微勞方畧載可憐拙宦衆人聞家山欲買貲何在斷句無奇稿半存剩有名心銷未盡他年誌墓定煩君

不寐

風雨孤燈泊異鄉不聞更鼓夜偏長一肩四櫬看三世此夕如何不斷腸

書孟嫻亡女卷子

年過四十尚無兒嬌女無端又失之剩紙零縑收拾徧憐伊生小是書癡

學書學畫畧能描閣擬梨雲寄意遥自題其稿曰梨雲剩草看到病中留絕筆而翁狂淚欲如潮綿惙時成一絕云膝下無能展孝思此身將死見無期迢迢閩海七千里南望白雲雙淚垂

名姓眞教海上聞八閩從事此從軍恩雨堂侍郎視學閩中　上問幕中人爲誰侍郎以賤名聞遂與俱南歸來詠絮人何在空對簾前暮雪紛

春風如剪倍凄凄一卷橫攤紙閣西事到傷心難絕俗裝潢殘墨乞人題

衛莊姜

琴耽瑟好叶商宮采芑螽斯國俗同特爲美人開變例桃花無子怨終風

上官婉兒

沈宋甘心拜後塵持衡誰似此君眞更拈月盡珠來句肯

把金針度與人

哭外姑朱恭人

三載才扶丹旐歸重來甥館慟慈闈燈前細問彌留狀不覺悲啼血滿衣

日夜難忘少子哀更驚愛女逝泉臺可憐老淚能多少怪底靈萱一夕摧銘庭舅弟及予妻尤爲外姑所鍾愛

哭母孤兒早斷腸尺書又報外姑喪寄居未敢高聲哭嗚咽啼痕對夕陽僦寓茶山家甫除母喪而外姑訃音又至

頻年奔走少休時一事差堪地下知幼女長成前日嫁棲

頭夫婿尚能詩

偶園漫題

詩題別墅論清芬宰相風流自昔聞一局圍棋能破賊笑他蛇鳥鬥風雲

十載旌旗舊水濱（予回憶山左防河今十年矣）老來迂緩不堪論（大吏以迂緩見劾）青山一角從君借分得烟霞養此身

題心朗和尚丈室傳衣圖

刺血曾分自寫經老僧辛苦自通靈一菴今已成名刹雙樹應留萬古青

丈室傳衣妙手摹摹成珍重貯僧廚芸香百徧親熏護好

伴名山行腳圖

三管英靈集　卷三

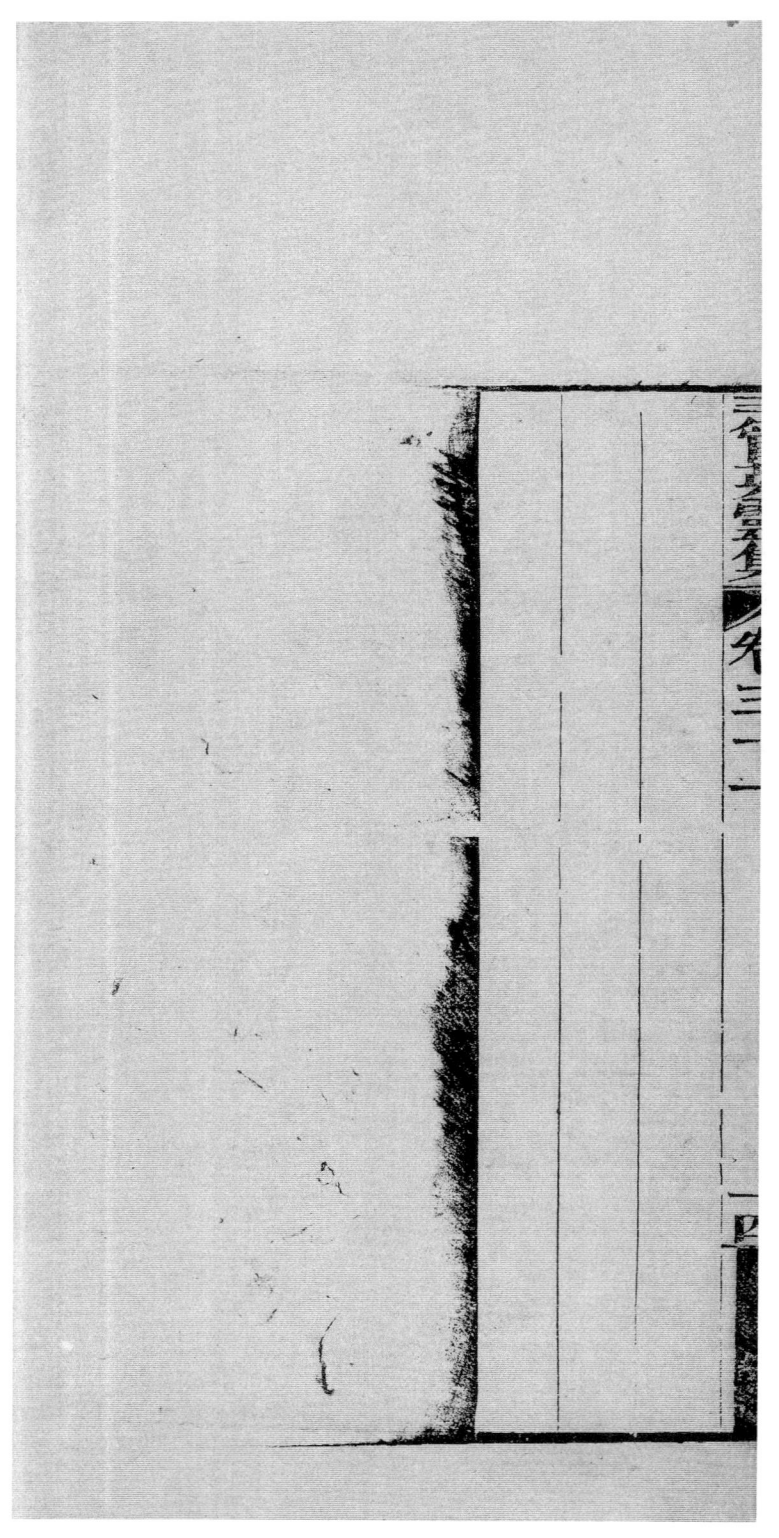

三管英靈集卷三十二

福州梁章鉅輯

劉啓元

啓元字心原臨桂人乾隆五十七年舉人官東城兵馬司副指揮有守經堂詩草

詠史小樂府

天意在興劉項莊劒虛舞示玦計已拙斗碎亦何補 鴻門宴

胸有五世韓千金市頭鐵一擊遂亡秦美人志何烈 博浪椎

脫屣空遺恨求仙亦妄哉羽林傷何事泣向望思臺 望思臺

烟水狂奴隱垂竿欲釣名羊裘如不著何處覓先生著羊裘

血食麪犧牲君王佛教精慈悲能救苦何事餓臺城臺城餓

禪詔袖中出點檢作天子黃袍來馬前涕慚何爲耳陳橋變

朝梁而暮晉段凝眞蝗子吁嗟王鐵搶皮留豹可死豹留皮

趙家一塊肉厓門葬魚腹寡婦與孤兒天道自往復厓門戰

公存宋不亡正氣彌天地區區趙王孫對之得無媿庶無媿

祝髮甘逃去深宮火正紅金川門不閉留得待周公金川門

但請質二王受酷亦何辭椒山自有膽焉用蚺蛇爲自有胆

感懷

廉士礪耿介哲人飭廉隅翩翩通脫子訾我爲拘迂余生樸且拙俛仰羞蘧篨亦知昏暮行可致青雲衢秉此冰雪心夙夜抱區區飢渴飲盜泉一勺亦已汙炎熱蔭惡木祇恐素節渝嘉貞明幽獨珍重千金軀

遣興

此日官兼隱窮途老更悲文章青眼少心事白頭知氣短浮名累才疏薄祿宜蒼生無一補辜負際清時

促織

霜月寒如許機絲莫漫投清閨難再夜遠戍不勝秋杼軸

三更夢衣裳萬里愁空階鳴急切辛苦爲誰謀

舊州懷古 在鎭安府界

舊誌載歸順故土官張氏名天宗者宋末聚義民隸文文山兵敗入粤西居順安峒卽舊州也開田創廬土人推之爲峒官六傳爲岑氏所襲是爲土官 國朝雍正巳酉改流官遷其治城之故址今爲墟市

斜日荒原憶峒官聚廬往事幾凋殘人煙依舊層雲集尺土猶憐瘴雨攢倡義千軍旗閃閃逞强一獵虎桓桓（岑祖德出獵那簽遂奪張氏）當年蠻觸都塵跡溪水橋邊不忍看

怕向頹垣聽杜鵑飄零子姓劇淒然故家衣鉢歸春色荒
塚松濤滚暮烟遺澤尚流溝洫水旦謀猶祝稻粱田州之溝渠田畝皆張所闢祇今野老悲霜露麥飯松醪薦墓前

過沔陽謁武侯祠

忽聞簫鼓賽荒村丞相祠堂沔水存此地興悲餘我輩當
年誓死報君恩天心已定三分國故壘猶明五丈原讀罷
出師薦蘋藻西風杜宇日黃昏

昌平道中

停鞭遙望十三陵懷古何須感喟增省識 聖朝恩澤厚

冬青無恙綠眉眉

蘇厚培

厚培字申三一字元圃藤縣人乾隆五十七年舉人

著有瓣香詩草

晤臺

探幽情未已懷古又登臺奇樹懸崖出孤帆背日來寂寥

孤客意惆悵漫郎才我欲攜罇酒臨風酹一杯

聞蟬

夜靜聲猶咽西窗攪獨眠乍希和夢斷忽續倚風傳泣露

煩頻警飄蓬感舊緣孤清憐汝久客路聽蕭然

黃瑆

瑆字靜川桂平人乾隆五十七年舉人官左州學正

上灘行

灘江劍戟怒相向水石雷硠不肯讓下從灘底望灘頭萬丈銀濤落天上奔騰砯礚轟如雷長風激浪波濤鬪其間生死不容髮嗟爾賈客胡爲哉行路難多辛苦幾年魂斷灘江路安得艱危化坦塗如鏡烟江蕩槳櫓

李覲龍

抄

覲龍字宜軒臨桂人乾隆五十七年舉人

秋日遊南山寺 貴縣

南郊秋日迴相與遊南山巾車出城郭崇岫擁螺鬟行行
祖山麓漸覺非人間野鹿不避客長楸罕計年泠泠清磬
音古刹諷楞嚴淨土喜同躡危崖亦共攀壁雲瞰石洞洞
宇厰仙寰拂石坐流覽老僧復相延指點話羣峯盤紆入
林烟猙獰幾片石巧手不能鐫謂爲獅與象形狀審類然
空中悟色相頓覺塵慮蠲徘徊景將暮僧廚供齋筵薇蕨
飯胡麻衆客飽言旋吁嗟百年內暫結香火緣青山不忍

別餞月空娟娟

昭君怨

含淚出宮庭風塵萬里經君非不重色妾自愧圖形去路沙皆白歸魂塚獨青琵琶如解語夜夜泣郵亭

黎卓仁

卓仁字心齋又字性齋武宣人乾隆五十七年舉人浙江餘姚縣知縣

遊暢巖

巖在平南城西二十里宋皇祐間程大中公知龔州二

程子隨侍從周子講學於巖內余兩載掌教武城書院未遂登覽之志辛丑歲杪將解館乃偕諸同人往遊因賦

扶杖上層巒臨風愜真意豁眸眺遠天一覽萬峯翠巖深曲徑轉昔日傳經地地饒苔蘚文壁走龍蛇字頻年景前徽嚮往未能至欣然載酒來停車談往事濂洛溯遺風一脈接洙泗襲江被教澤理窟抉精粹懷古有餘情飛觴不辭醉歸來各暢然共勵日新志

次崔紅亭明府來燕原韻

雙雙翔遶道輕羽向風斜約伴營新壘呼羣認故家睇雲
穿近巷掠水過平沙尚記經年到山城未落花

中秋夜對月小酌

秋半花間醉管絃天香飄散露華鮮月明何必燒紅燭夜
靜無煩設綺筵莫說梯雲仙有術但愁沽酒客無錢他時
聚首知何處且對清光話夙緣

朱桓

桓字芝圃一字海谷臨桂人乾隆五十八年進士官
福建鹽法道有自適吟

擬古四首

鳳凰美羽毛飛在青雲端文采豈不炫高騫何安安大美原庇身所忌或自殘奮翮出塵埃身潔智乃寬試看翩翾者飲啄無炎寒

人生一鏡耳相對兩照之鏡中看鏡形藏妍亦藏疵我疵人不識人疵我不知尤人人復尤施報無兩歧山雞鑒形舞猛力決雄雌相忌只一身徒作兩形悲回首暗驚顧羽毛同參差處世理如此離魂法可師

盧生卽是夢夢裏皆盧生黃粱煮者誰毋乃同此情閑雲

住大壑往還意落落空中眩空花色相不可託萬物各有眞得眞卽我身請看塵外景便知夢中人

紫蘭生幽谷無風花自香桃李媚人采春殘飛路旁低昂人無心因材各相當有香貴能歛歛極香愈長紅姿太眩目目亦避其光眞鑑自有託物色空揚揚

述訓

我生幼多疾藥裏少虛日嚴親爲診除兼誨治心術謂病從心生心淸氣自實爲學亦復然體明用乃悉勿輕薄底船小心行百川勿恃鐵包槳一蹶落千丈凡事先立根根

深在培元我不事章句頗知學有源譬如忠孝虧幹朽枝何存譬如性情失鏡暗形斯昏衛身與衞心一理勤墉垣試看牡丹豔難奈春殘候何如老梅寒年年自古瘦翠生貴樹骨骨重神亦茂勗爾多病軀喻學兼延壽小子敬書紳永矢銘屋漏

北發錄別三首

参辰猶在天遊子念前征起問夜如何簷窗雞未鳴趁點裘葛具恐動慈親情慈親不成寐坐對一燈明爲言我尚健遠念毋多縈立身善自持有實斯有名跪聽慈訓諄肺

腑敬刋盟努力自今日前路重行行

離人百慮集米鹽託荆妻荆妻巳解意不必煩多辭言上奉晨昏下及垂髫兒凡百閫內事敢勞君子思但願敦清德用慰倚閭慈叨叨過夜半相勗多艮規兒女周圍侍意俱解別離依依不肯寢對語渾忘疲或云願偕去或願獨相隨半嗔半笑間未忍明相辭祗云且姑待團聚不遠期臨行尚牽衣爲我晉一巵年來牛馬走逢此增涕洟揮手爲登程征馬亦長嘶

我生寡儔侶相倚惟弱弟童歲時與偕友恭鮮鬩禮頻年

我犇馳艱鉅賴獨理賦性本誠篤讀書慎磨砥和氏刖已三失鵠知反已今與阿兄別遠送百逾里本期與同行失計却暫止轉眼及明秋風高望鵬徙家事且匆累鋭志三餘裏弟亦頻頻言愛兄識大旨姜被話深宵轉忘在旅邸茆簷鷄亂啼處處催客起分手兩無辭含情渡江水

雀角行

嘉慶癸酉冬順昌有客民與村民以爭地互鬥斃數命均各匿聚圖報復余爲安集之拔其渠數人衆帖然

有烏巢深林羣棲自飲啄乃有投林鳩呼羣亦止宿岑蔚

本寬閒兼容兩不蹙猥以爭一枝喞喞蹉排蹴黠者先稱雄引類互追逐角爪一交鋒中傷凡幾族因之畏且學分飛竄巖谷吁嗟此微生馴羆豈並僇何者爲雄鳴何者本雌伏懸網應區分寧忍概鵠鶵我爲招之來冀以平斯獄其餘任迴翔於止各棲木審視而後集相信莫予毒料已釋驚疑且爲戒反覆勿謂爾無知知止便無辱浮生皆若寄何處分羇縻同茲毛羽倫並生原並育繁林自翳薈一任求菽粟彼來謂之賓汝往即其屬強賓固屬鶴劣主亦惡鵬相與兩忘機來去隨時足天地好生心卵翼及微禽

幸各遂飛鳴毋自相傾殪湯網原高張聽爾自投東爲語
在山人無擾戒樵牧山南春早迴生意滿林麓好趁稻粱
豐孳息各適欲時哉樂何如長此免罝麗羣鳥若解言向
我飛簇簇喧啾出林端欲繞山行戢夕陽斜在背指點歸
飛速戢過村外村逵望千竿竹

烟水亭聽寺僧彈琴

雪後訪山僧雪深僧不見石室但聞琴四山雪一片倚檻
聽流泉綠烟生水面歸尋隔溪村梅花又開遍

晚發三水

斜陽下西嶺煙水望模糊一櫂催歸去千山送客俱鳴榔
漁火亂擊柝戍樓孤隱隱星巖近長吟過瀝湖在肇慶

湘江夜泛

連朝憎雨暗今愛晚牕明但覺水光遠不知江月生帆隨
煙外轉人在鏡中行七二峯何處湘流清復清

過馬灘

灘迅眞如馬奔騰更折迴石花翻水立山響破風來舟擲
波心過雲穿峽口開平生俟命意夷險莫疑猜

春夜書懷寄弟

客子愁春去渾如送別難落花三月暮夜雨一燈寒風景猶前度年華已兩般關情鄉夢遠日望報平安

圓竹

直欲淩雲去偏從繞屋看風霜修百尺霄漢拔千竿節勁宜聲遠心虛無歲寒猗猗頻結實好待鳳凰餐

渡黃河

何處犇騰下居然天上來岸雲排海嶽沙浪走風雷魯衛中流界東南一氣開此時看放櫂都認泛槎迴

浯溪

湘水茫茫下犇騰赴此山昔人興不淺撫景意相關地迥無塵到雲深獨鳥還流連感石鏡終古照潺湲石壁可照對岸舊名石鏡

愚溪

柳州昔謫宦到此已忘機山水與情遠文章得趣微天空羣鴈過江闊一帆飛但見煙深處漁歌欸乃歸

病中即事

對客猶停飲憎寒但覺慵愁多醒亦醉雨久夏成冬鷄肋深慚戀豬肝致累供故人書一紙約待訪山農

曉渡沁河

萬峯如走馬飛渡沁河西一水橫難住平橋望復迷山高看月小野闊見天低遙指陽陵道蒼茫隔遠溪

題趙箇樓方伯蕊竹長春圖四首

春暉報不盡寸草戀何深尺幅寫深愛百年長此心蒼松願難老琴竹歌如林惟祝恒春樹南陔森復森

南陔采蘭潔潔爾晨夕餐侍膳得歡易違顏養志難歸帆囑弟子計日報平安知有臨岐命思兒語故寬

思兒年尚壯思母年日高喜懼一時集晨昏兩地勞移忠

秉懿訓表德賴

榮褒無限難言處傳神倩染毫

真情繪不得今夕感凄其人羨令名好君承德教貽瀧岡

千古涕東海萬家思未艾爲霖望淵源本孝慈

陽朔道中

相思一水下層層欲住輕橈迅未能灘勢疾如脫弩箭山

形圍似坐禪僧客帆古渡真宜畫漁舍斜陽自曬罾最好

涪翁描寫處碧蓮峰下晚烟騰

入都二首

六載馳驅別軟塵到來景物倍相親蓬山花笑憐今我栢
省烏飛認故人海上但贏鬢髮老匣中不放畫圖貧出手卷
三冊爲諸大雅索題廿年儔輩難多得抵掌傾心味更眞
草草相逢話轉稀乘車戴笠總依依
帝京久住如鄉熟外宦重來似客歸舊雨更多新雨宅守
臣猶服侍臣衣　賜書聽弟熏香讀苑在當年館課闈

壬申除日茌平旅店書懷二律

是處桃符報早春單車猶自走風塵投村也當歸家好把
酒聊稱獻歲新棣萼聯華依　北闕萱幃介壽望南閭遙

知兩地今宵夢都憶長安馬上人

半生轣轆慣江關旅店依稀數往還宦薄漸如詩味淡身忙翻喜客程閒百年佳節春多少一夢華胥路幾彎輪與菉簷曝背叟傲予高卧有青山

衙齋

豹腳轟轟帳欲穿衙齋是處競爊烟呼童莫漫全驅去知有山農露體眠

卿祖勅

祖勅字稟均灌陽人乾隆五十九年舉人

登岳陽樓

憶昔讀雄文曾下范公拜倚檻望長空雨收虹影掛

龍濟濤

濟濤字禹功臨桂人乾隆五十九年舉人柳州府儒學教授

春雨

但覺雨無盡誰言春已歸寒蟲依草宿溼鳥近窗飛浦樹留朝霧江樓戀夕暉莫嫌花事晚著意釀芳菲

秋興八首選四

霜滿蒹葭月滿林山城景物日蕭森長天遠水見空色疎
雨微雲送夕陰故里幾回勞望眼高年容易感秋心時平
始覺閒居樂晚向江頭聽暮砧
世事真如一局棋今來古往未堪悲旌旗漢苑皆陳迹花
草吳宮憶舊時眼見流年隨水換心驚初月上山遲屆平
一去風騷盡獨釆蘼蕪寄所思
思陵山畔桂江頭一夕商飆萬里秋芳草暮生行客怨黃
花瘦盡美人愁自然瀟灑雲間鶴無定棲遲海上鷗廻憶
壯心渾未已醉攜歌管到揚州

封侯萬里愧奇功老盡生涯萬卷中滄海魚龍吟夜雨晴臯鸞鵠起秋風未磨長劍崆峒白且愛孤燈老屋紅那得梅花三百樹臨江結屋號逋翁

送人

垂楊不與繫征騑長短亭前淚溼衣人意那如山色好故園千里送君歸

周貽綸

貽綸字二如臨桂人乾隆五十九年舉人官山東臨淄縣知縣

聞鴈

千家砧杵動邊愁又聽征鴻到隴頭萬里未忘沙磧雪一聲猶帶漢宮秋涼風夜月寒吹笛紅葉黃花獨倚樓欲寄平安書兩字灕江歸夢正悠悠

題菊花便面

漫將半面寫清姿別有幽情寄短籬秋老共誰爭晚節靜中香韻畫中詩

三徑飄零此尚存任教風雨撼黃昏淵明老去秋容在留得當年隱士魂

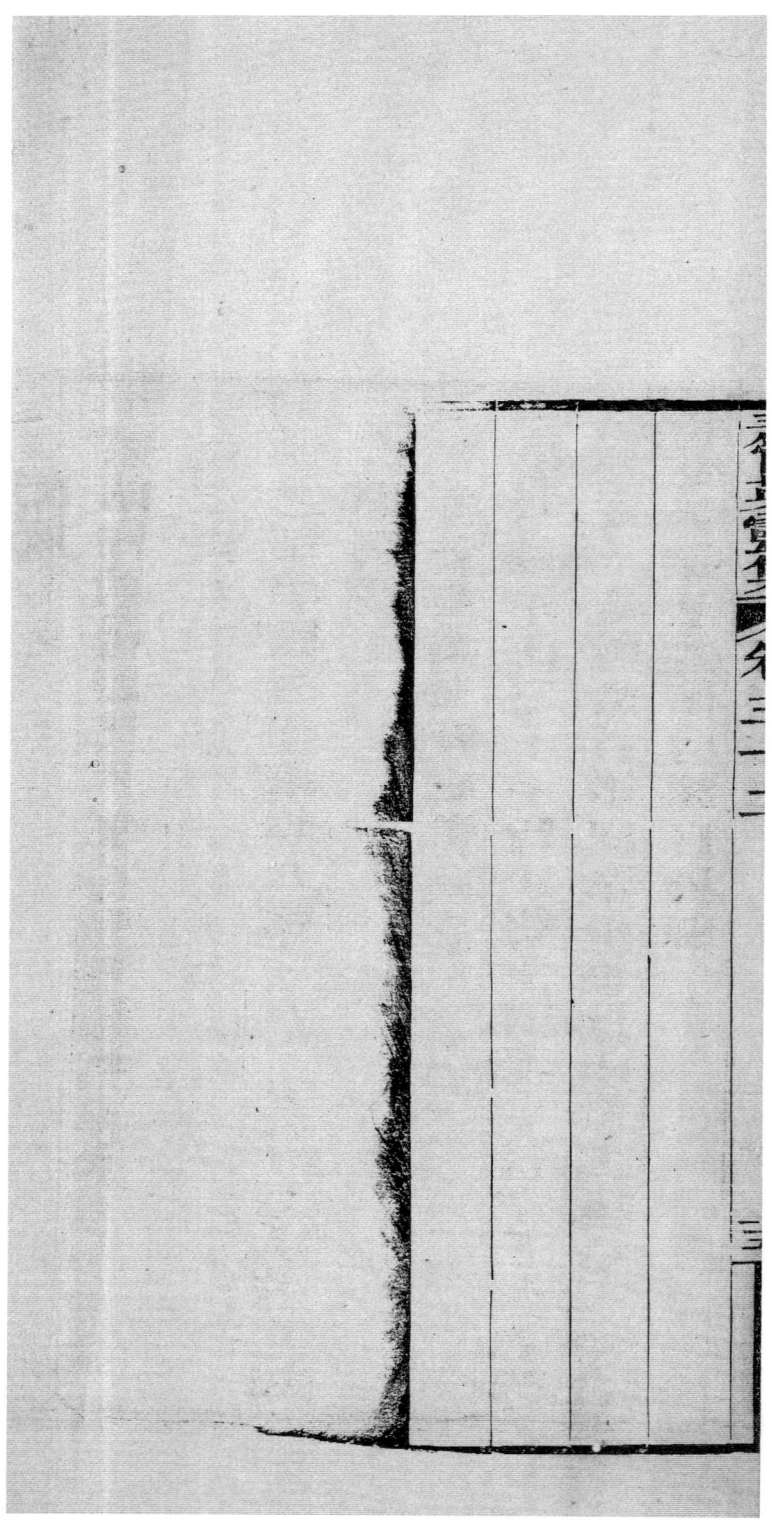

三管英靈集卷三十三

福州梁章鉅輯

夏之松

之松字徠山北流縣人乾隆五十九年舉人官恩縣訓導

送金奕山少府旋里

琴鶴相隨任往還十年行止總幽閒書成晉字千張紙吟徧陵城一帶山廉石攜回牽小艇丹砂拾去換童顏知君此後無餘事著作功深日掩關

和孫澹如明府留別元韻

紅綾曾宴曲江邊小試牛刀亦偶然自是晉陽需保障非
貪勾漏覓真仙治蒲化洽稱三善請寇緣慳借一年送者
臨崖君遠矣春江碧草映榆錢

夢梅

孤山有夢往來頻香徑分明著此身曾見溪流清淺水寒
烟淡抹一林春

張鵬超

鵬超字敬亭上林人乾隆五十九年舉人官平南教

省志、上林白雲洞、縣北二十里、宋韋旻讀書処、旻號白雲先生。又上林羅洪洞、縣東北五十里、為前賢羅洪隱居修煉地、與韋無涉。此詩題宜作白雲洞懷古。

抄　　抄

諭

羅洪洞懷古　上林

晦翁論求仙長生亦其私私固不可求順天乃公之卓識韋先生頤壽有宋時胸中羅二酉茀茹九莖芝公卿不能見楷模爲世師上壽百二十先生過其期至今留白雲悵望想風儀修短亦何常德藏有餘思不然千百歲猶同木石姿安命王無功贊詞垂鼎彝

柑子堂懷古　馬平

黄柑手植自何年二百遺株歷幾傳已爾蓬廬開北學應

留碩果秀南天當軒溜臙桃椰雨繞檻牆餘薜荔烟讀罷羅池殘碣去鷓山寂寂響啼鵑

鄧培綬

培綬字環五臨桂人乾隆六十年舉人官宜君縣知縣

舟行阻雨

密雨太淒清孤舟滯客程遠山沈樹色亂石挾灘聲解悶排棋局消寒藉酒兵宵殘鄉夢醒一葉出江城

陳守緯

守綍字裴泉桂平人乾隆六十年舉人有塵中草

春草和黄雲湄

青青猶記少年衣庾信風流歎已非送客亭邊春漸老銷魂橋畔水初肥荒村有路桃花落深巷無人燕子飛愛是閑庭生意滿十分相賞莫相違

湖口縣曉發

鷄鳴湖口道初日映柴桑烟水茫茫處歸心特地長

金陵道中

幕府山頭片雨晴鳳凰臺畔晚潮生只今蕭瑟白門柳還

抄

繞西風建業城

虎邱絕句

劍池寂寞徑紆斜一片樓臺四面遮輸與老僧閒富貴石榴紅綴滿庭花

陸孔貞

孔貞字龍野容縣人乾隆六十年舉人官宣化縣教諭有鋒麓雛音集

次王三登點翠亭元韻

振衣徐步陟山樓曲徑林深露未收頓覺花香清客思忽

聞禪磬送行舟孤城隱霧千家靜秋水澄空萬景幽小坐共談饒逸興依稀身已到瀛洲

黎庶鐸

庶鐸字儒門平南人乾隆間歲貢生官武緣教諭

春草

東風吹轉燒痕青綠徧湘皋杜若汀南浦銷魂誰惜別西堂索句夢初醒芳蘅盡入騷人賦春水猶浮楚客舲寄語王孫休戀遠靡蕪應念故園馨

廖植

植字又扶臨桂人乾隆間貢生

擬左太沖咏史詩八首之四

儒冠苦不達少小躭詩書青鐵磨已穿所願酬還虛奮焉起投筆羽儀來上都翰墨豈不裕昔曾覽穰苴策勛定西域高盼無東吳匡中有寶劍拔之騁雄圖誓辭管城子渺如秦與胡丈夫當立功安能守窮廬

盤盤百尋松離離多松苗偃蹇員山上幾老蒼梧條嵯嵯馮郎署白首沈下僚栖栖主父偃迄無聞達朝綬不銜青禽冠不插金貂伊呂無湯文窮途誰與招

吾希張子房運籌匡漢君吾慕淮陰侯登壇驚全軍彼時中原地逐鹿誠紛紛奇才滅秦項功高軼人羣鷸蚌一朝獲雌雄一朝分爛然勛業光燦燦同星雲

金張豈不貴巍巍王侯居華屋連飛甍朱軒臨長衢藉承七葉寵歡宴先人廬朝歡承鼓鐘暮宴繁笙竽赫赫一時盛出入乘安輿舊業有衰歇鬼瞰室亦虛以彼長就壇自廝當何如君子重稱名沒世盈寰區

古六與黃偶莊話舊

憶判長亭秋滔滔江水寒言傾肝膽易話到別離難孤館

對山綠故園生荔丹懷君多悵望雲樹幾回看

君年將半百我亦漸知非室有芝蘭味門開松竹圍風清仍似故月滿莫重違從此菊花下朝朝人叩扉

朱鈞直

鈞直字古愚臨桂人乾隆間貢生有半耕堂詩草

華景山

奇哉華景山玲瓏通萬竅洞裏石壁拆一線天光照谽谺斷行蹤亂石森如豹涉險步微光撲竇何幽窔行行忽開廠乃出山之嶠側身過雲門軒然足登眺憑臨出世界仙

敞

抄

境一何玅卽此是丹邱崢嶸鬼工肖疊嶂梳著苔松門盤古蔦不知造化初端的爲誰造石檻環崖崿相凭絕不搖迴曠煙光明陰森風景與此境號飛雲常恐雲難到憶昔名盛時登高頻笑傲歲月曾幾何而已無同調世事何足言盛衰難自料僕本多恨人此日集同好躋空試一遊差免山靈笑

避暑

窈窕清溪前陰映生寒緑後有數株松傍有數竿竹散髮坐其間四望沁心目魚梁截奔流雪瀨漱寒玉便覺入境

偏而無塵與俗隔听火雲收此獨清人欲琴樽添逸興卽事忘拘束緬彼陶元亮涼風高卧足終是北窗前何如此山曲此樂一何極此遊須再續日夕歸路迷欲傍漁家宿

樵人詞

深山有巨材峭直中繩墨樵人來採薪執柯長太息欲伐不伐爲爾憐憐爾百尺參青天何乃生在山之巔工師不遇心悁悁安得工師度爾材爲爾汲引朝堂前

道中聞鴈

蘆荻寒江外梧桐野寺間一聲傳早鴈數點過秋山日月

催人事風塵老客顏浮生多少恨何日得投閒

早春郊行

積旬惟閉戶今日過溪橋暄鳥爭相戲春冰半未消傍山尋路狹隔水覷人遙雅羨雲林外丁丁伐木樵

南圃通幽徑東風扇遠郊地偏難駐馬潭闊許潛蛟十里塵常隔雙溪水亂交前山最深處誰解住衡茅、

長夏

年來愁道路長夏住江鄉江上千峰雨村中六月涼雲移松徑溼風動稻畦香領取閑中景幽居興趣長

早鴈

新秋四五日早鴈兩三聲饒靜䟽風廻燈餘刻漏清中宵
驚夢斷一夜逐愁生惆悵頻欹枕蕭蕭感歲更

山中

離郊三四里蹤跡不通城松蓋當簷影村春隔水聲籬䟽
閒自補客至喜相迎飽識山中趣翛然心跡清

寄舍弟

深秋鴻鴈唳菰蒲有客驚心泣路途二十年來貧賤在一
千里外弟兄孤清樽寒雨心先醉永夜殘更夢且無早晚

扁舟賦歸去買山相共學樵蘇

旅思

日長深院蔭青槐有客登樓歸思催層翠滿簾山竹長孤紅一點石榴開囊中羞澀今年甚夢裏鄉關昨夜回極目雲山無盡處雲深山亂斷猿哀

童毓靈

毓靈字九皋歸順人乾隆間歲貢生

擬涉江采芙蓉贈李約言

涉江采芙蓉芙蓉開如許妾本癡心人十年泛烟渚轉入

幽谷深有蘭知妾心妾生本無侶蘭能為妾語

同達夫讀鶴巢寄到和卷却寄

鬱鬱天邊樹灩灩屋角月妙什歘飛來若飲峨嵋雪自我遊鶴門私心信戛戛浩氣本雄直負天任天闕陳言抵死捐愛句恐力劉不使衆峯靡安見五嶽拔轉悲我與君參辰互出沒不謂騷雅真後至乃先奪思君不可見何以慰饑渴況有菱歌人相思共難遏

書石桐先生中晚唐主客圖後

蟾蜍蝕月月不死走向東海化冰水世人不信試方諸一

滴得之可洗髓司業司倉有律令上通雅騷惟一掞自從詩道失眞源貪常嗜瑣何靡靡顛然大傷先生心討反正音惟有此我今幸得私淑之始猶望歎繼乃喜吁嗟乎四海茫茫一人喜先生之心愈難已

易水弔荊軻

落日未落易水涯燕事可爲不可爲燕亡乃與丹相隨易水悲風應更悲千載茫茫無漸離此恨惟有易水知

詠史

蓬萊有水水名弱秦之二水胡相約派分乃從外境來流

入咸陽遂不回此水雖盛終無骨一波方起一波越何如勁止作歸流千載不盈亦不竭可憐高車大馬刺齒肥世人祗羨澤與雎

淮陰哀韓侯

韓侯耻與噲等伍韓侯不聽蒯生語可憐善將無所施不死於劉死於呂侯死應思漂母言乞食我自哀王孫一飯之施豈望報此語分明為君導禍機已伏請齊王况多怨望尤怏怏嗚呼侯之智尚不如此老嫗何怪見詐於兒女

赴少鶴先生見招至寧明和李約言見贈得閒字遲

字

臨江先飲水已似酒初醺爲許孤山鶴遥辭故國雲書從
中路得琴至夜窗聞更愛句清美從游先屬君
鳥喧州郭靜繫馬古松枝隔歲一杯酒關心五字詩不愁
來棹遠只恨御風遲此夜中庭月相看更覺宜

酬徐蕙臣見贈

執手更沈吟憐君華髮侵共聽一夜雨已隔十年心燈下
鳴蟲急簷間宿鳥深相看轉無語鐘盡有餘音

上巳日葉少府招賞酴醾花

滿架豔如此無風亭午時不嗟春已晚應許酒先知欹枕
夢偏好過墻日已遲主人信豪興花落更催詩

少鶴先生贈明江陸雨莊司馬寄開平喬笙甫明府
二詩書後

想見孤吟坐船牕月始移焚香自覺寂無事亦眠遲短榻
燈明處荒城雨過時端應陸司馬脈脈此心期

擾擾自無限寧知獨感情每於石上凭偏憶瀑邊行地僻
孤雲色春深亂鳥聲故交誰遣在耿耿寸心明

寄呈李五星

住處四時冰前身何洞僧經年長不出五字有誰能看積衆峯雪坐殘孤壁燈寧知萬里外夢見骨崚嶒

寄酬李約言

篋裏去秋書書來是病餘遙憐新句少應惜故人疎海國雲生處江鄉葉落初經年方得報惆悵意何如

寄酬李達夫

桂檝當秋泛君行意若何別時黃鳥少經處翠微多路入洞庭月家臨滄海波却思難屬和一曲采菱歌

送傅衞之

抄

去棹漫夷猶相看近白頭共憐貧到骨還感别當秋嶽頂
朝日出湖心夜月浮從來清白吏難免子孫愁

送少鶴先生入覲兼寄王考功熙甫

幾載住邊城蕭然萬里行一官成拙效五字足生平楚嶽
舊題在燕山新雪晴唯應王吏部闕下笑相迎

酬奉議劉別駕信南見寄

州舍對江湄蕭蕭但詠詩静如空谷裏貧過在家時妻子
瘴雲隔性情秋月知何緣勞遠注苦詠遡同期

和汪太守同鶴道人秋夜坐獨秀峯下論詩之什

有徑鶴來尋郡齋秋思深早知千世賞祇此片時心坐久竹露滴吟餘山月沈誓爲仙者僕趨步上晤岑

早行

前宵已裝束中路轉逶遲客味長如此雞聲尚未知馬嘶寒隴色禽動落霜枝昨夜搜吟處誰當憶此時

和汪太守秋月二首

大江流不盡天末有孤舟只爲一片影古今吟未休龍沙何處望牛渚幾人留冷冽竹根下還當憶柳州

想見孤吟處棱棱霜氣中水天萬里夜吳楚一聲鴻信有

精魂秘還將壓處空當時丞嘉守未許與茲同

詠懷

生性愛蕭騷悄然生二毛心應死冰雪身竟老蓬蒿散步逢鶴住孤吟看月高却思五字外何者與兒曹

寄唐碧川

三載住桂林幽奇應徧尋我行未及處君過若爲吟夜雨滴斷續春花開淺深主人舊有約脈脈此秋心

哭李少鶴先生六首之二

朝野遍蕭瑟相逢古亦難分明甃冰雪何處覓衣冠詩卷

千秋定歸程萬里寒何年返華表時繞故城看

誄臣子與弟宰相祗知名郎日了詩史重泉質父兄四時無月色一路夾灘聲父老猶爭問使君來日程

童葆元

葆元字汝光一字介夫歸順人乾隆間諸生

述懷

大鵬擊南溟一舉雲四垂二蟲搶榆枋未至力已疲高者日益高卑者日益卑豈曰地所然抱負本殊規士生三季後風教殘陵夷所貴有志者希古心不疑我羨蘇子由事

兄如事師抵死捐衆好騷雅力可追晉以古心鞭流俗空
爾嗤

和少鶴先生夏日登城西閣作

高閣無暑氣鶴衣披此間坐來將午日吟對始晴山祗許
僧堪並尙嫌雲未閒手中藤杖在猶憶舊松關

九日登賓山有懷唐碧川

高寺獨來登始知秋氣多故山猶自感客路更如何把菊
幾人共停杯看鴈過寧知相憶處踪跡在烟蘿

田家

前山欲夕暉有客叩荆扉共話桑麻長行來遠逕徹林間
樵乍返雨後韭初肥莫笑無兼味呼兒看釣磯

三管英靈集卷三十三

縣志收

三管英靈集卷三十四

福州梁章鉅輯

朱依眞

依眞字小岑臨桂人乾隆間布衣有九枝草堂集

嶠西詩鈔云少岑幼郎嗜聲律不喜制舉業廿一史丹鉛數過詩格日高袁子才至桂林稱爲粤西詩人第一相與唱和見隨園詩話鄧顯鶴序云小岑刻意爲詩以其微眇負邃沈鷙鑱刻之思寄其冲夷高曠巖冷峭潔之槩幽而不怨澀而不僻乃適肖其爲人

李少鶴明府招飲普陀巖分韻得在字

寶陀海一舟縹緲罕津逮此名小白華飛來自何代山周
翠玦環寺聳鉅鰲戴萬緑森在眼傑石擁其背相與結淨
緣不必衷禪鐙清酒陶匏陳高歌聆筑配石湖有遺躅放
浪亦可慨人同竹林七俯仰忽千載古歡今可即古哲今
不在冥冥蒼蘚縱磨滅幾名輩惟有二華君雲中舉霞佩

贈別蔣湘亭用其集中和東坡詩韻

方諸本無情映月生淚汁意氣相感召如水之就溼豫章
萬人海含予幾無得不恨得之艱但恨別去急漳江風浪
闊匆匆散鳧鴨念予璠璵美寶器韜在幂閒值談諧暢傾

露肝膽赤十載苦研鍊元成衣尙白積久不能平欲擲頭
上幘舉世貴魚目枉下鮫人泣愼此百鍊剛毋使蟣身缺
未卜萍蓬跡復爲三徑客明日踏吳船相思百端集

酬李松圃見答

黃鐘音鏜鞳變徵多激烈七律雖異響入耳皆可悅聲詩
要如此嗜好等秦越所操何必同於義無乖剌平生抱結
癖腸胃不耐熱九曲黃河水萬古崑崙雪更值冰雪晨苦
調轉凄戾君詩務敦厚風雅道未沫初陽變雲物淑氣動
林樾倪聆師文奏坐令造化斡持與我詩較狐貉形褞褐

又如立坐部雜然進堂闥藉使衆聽熒常恐后夔察才非
元白匹輿擬皮陸均敢云佗山助變此瑤華擷請迴淸廟
瑟載和塞管咽

寄李石桐少鶴兄弟

石叟擢修幹卓然如石介說詩用秦法棄灰者抵罪紛紛
柳下季常苦伯夷隘鶴也萬夫雄自負本領大鵾鵬不受
縛溟渤供盲怪椎錐示敦樸剸犀見鋒快於法不苟同于
古兩不背其音卽非至要亦梅蘇韋世耳不易悅蕤聲復
相害譬張咸池奏勿與巴里對譬齋章甫冠無向荆蠻賣

斯文有代興相期百禩外

余生託寒素依人此賃舂豈爲諸侯賓感激夷門風之子何所聞顧我蓬蒿中歡然采我詩牛鐸應黃鐘我詩何足陳恐不察我衷勿謂寒巖木隨分汚春紅丈夫各有心不爲可憐蟲重子類古人聊復披心胸引領望朝日寄懷東海東

題鏡雲天際歸舟圖時鏡雲將由粤返京師並以誌別

江風吹豫樟與子江上別一別動十稔能不悽心骨憶昔

燕臺阻相倚若蛩蟨朝攬西山雲暮踏蘆溝月緇經古寺
幽衣上苔花結眼看十丈紅胸貯一團雪洎予返桂林聞
子初釋褐猗與好兄弟接跡趨瑣闥不謂邂逅間共此南
州熱泛舟將奚歸夢繞黃金闕心知志鐘鼎無復伴巖穴
區區藜藿謀未足資一吷努力各强飯庶幾保黃髮

湘東道中

秋林俱平衍高楓一何挺聍于青鳳羣突見孤鶴頂扁舟
下清瀨百折逾幽迥新蟾來水面蕩漾光不整目睛聊然
聆欲眺不敢騁如何凝波平坐令千月併豈無風露侵耽

此中流景山根一抹烟知是茅屋影借問幽居人清夢詎已醒

書所見

黃金不可成瓠子不可塞豈其不可塞籌之有失得譬如駿奔走將牢銜與勒一縱弗能制罥駕在頭刻河身本滯重秋汎猶悍直輪囷千金埽崩分一蟻蝕初淫梁宋交末傚齊魯域南陽下村間泉湖如組織既當河尾閭復爲漕羽翼河怒董用威川駭走畏逼昭陽泄不勝秦溝覆厥職夙聞沛邑淪胥遍泗水側明府魚頭生衣冠龍伯國有戶

皆鴈鳧無由共稼穡來觀咏秋水悠悠我心惻仰覩天蒼
蒼俛視波鬖鬖蛟龍百戰餘骨血千里拋遙堤逮縷堤蕩
盡失堅壁治兼漕及河重係民與食吾嘗折肱醫耶盛戒
勿抑疏瀹務參方一丸安可即師水不師禹（出愼子）因勢不
因力
帝衷塵昏墊股肱邁契稷相與握靈圖殷勤効馬壁凡百
爾臣工經始毋憚亟

九月十九日松圃招賞菊分韻得到字

秋曹惜芳晨啟宴集同好蘭徵夢方叶（松圃適得子）菊訊香初

報稜稜數十叢一一秋霜傲疎朶剛半舒鶴翎新出萼又如蝶翅粉日晒未全燥我聞菊開時始是重陽到先時載酒遊正恐屬濫冒展期續太和古轍宜可蹈須臾雲有滃承霤瀉幽瀑毎懐滿舊畏敢脫孟嘉帽冷香歘然來爽氣洽堂奥彷彿淡交人風雨夜深造酒闌别有諦少坐幸毋躁青燈照屏榻瘦影不容掃

陽朔

桂山勢奔突傲不就規矩我疑造物初礧磈期一吐不然豈虛生童立復何補宛若指在掌莫辨十與五枝駢未可

抄

眉蹠戾得無苦畫山稍整飭黑白繪戾斧書猿啼一聲晴翠落如雨昔之避世人桃源涙稱詡何如處平世於此結衡宇桑麻牛無稅雞犬各有主畢生青嶂間曷必定太古

出陸戲作用昌黎鬬雞韻

鶣舸修鯨橫倔強鶩可待舠艓轍鮒涸濡沫少精采擠排涇薪束摻切小絃殆拊背敵後迫扼吭險前在彌縫等偏伍磨厲儼戈鐓躁擾羝觸藩繹騷蟻趨塏烏集聲嚄嚄蠔粘形磊磊挽救河不繼鑿空道難改無須鬣帆矗空驗風褓矔少休氣仍奮寸進退輒倍餓鷲舟膠散僅免人鮮醘

昏焦榜人　喝舌撟壯夫餒方期鼠穴鬬未可雞鳴紿得間
師捲甲爭先墟趍亥逼渠本利濟設險互功罪載觀二水
源不受片塵浼到此輕性命遑復憂貨賄沃焦衢厲夫尾
閭波泄海一轉身入流三鼓氣已怠處困能介然出坎宜
慎乃俟爾脫蛟涎爽若裂繒綵下瀨斯破竹中流擬歌凱
叢祠猶祀馬英風想辭隗履危託天幸默祐亦神宰浣筆
賦短篇用代溪毛採

黿灘

脊黿當我前舟為黿所蔽長年勇如奡引舟出其背昔聞

抄

河容刀令見舟就礪隔舟探龜脊格格心膽墜桓溫徵險語惜未悉此地當年疏鑿手留此毋乃贅擬橡仰山龍轟擊玉靈碎猶恐雲安女簣惑爾同類我手無斧柯龜兮復何畏

全州道中

湘源僅濫觴況值霜溜濇我復溯洄上力挽不逾尺水中蒼龍偃宛見之而跡都無徑寸波强聒千壁立舟膠維而止天色昏向夕風雨繞舩至滮滮不少息有如懸孤軍四面縱鳴鏑不知軍度廣時見白羽激往者輕舟下灘潦適

騰溢南風生肘腋坐看兩岸失昔爲邁往鶻今作退飛鷁
來去此一途難易霄壤隔怳然損益理上下繫一畫人事
苟如此即境忘順逆

代州弔周將軍歌

鴈門城摧陣雲黑欃槍掃地傾西北天亡已見滹池渡巷
戰我聞太原赤繡幡銅馬何紛紛燎原弗戢崑岡焚男兒
死耳南霽雲撫膝不作降將軍轉呼轉鬬弓矢盡槍急身
輕猶陷陣脫帽爭知右袒多免胄何辭一身殉將軍戰死
明社傾耿逆長驅薄帝京盧溝不閉北門鑰守將誰爲萬

里城朅來策馬窮趙代斜陽直下孤城背舊壘曾傳娘子軍前鋒想像孩兒隊更憶尙書白谷孫同是血汚萬里魂焉能比屋同祠廟歲時伏臘供雞豚邊隅偉節殊不少牛盛諸人皆表表殺青自可垂竹帛埋碧甘心委秋草沙蟲猿鶴今成塵嚄唶猶悲行路人是誰却賣盧龍塞汗簡新添貳臣

登黃鶴樓

東風十日蕩地來漢水初潑葡萄醅翻身却跨黃鶴背熙熙萬象歸春臺初從城闉數灑涙城上風光已超曠廣梯

轇轕跨飛甍却倚層霄俯城上樓前大别仙倉青晴川劣能如掌平遊人指點佛鑁蟻室廬窅佈迴天星吟斷澄江謝郎句舴艋隨波來又去溫瞰一段滑琉璃風絮雨萍粘不住乾坤捭闔聲雷碾軟灘嫩堰開瀟湘决背迴出飛鳥外俗眼僅辨牛羊方洞天石照何年闢中有羽衣開點厰元踪靈遘類如此但愛柯橡貫雲石一吹吹出洞庭秋再吹吹破關山愁殘梅玉屑纖手揉有酒但飲無嘆咻世間衣食徒刼刼鼴鼠飲河鳥啣葉古人可作孰與俱青蓮李并黃州蘇君不見紫髯兒穉父兒力元規戚里饒塵棘

題邢魯堂太守把臂圖 有序

圖爲朱青雷作僕初觀於京邸曾作長句一章逸先秋岑代書屬病憊不果今年秋與魯堂遇於南昌復出圖命書舊作俯仰六稔而秋岑墓木拱矣覓舊稿不得更題此詩

徂來之松新甫柏凌霜不折蒼虬脊彷彿太陰雷雨垂古氣森森但深黑其下何所有佳泉併美石泉聲直瀉劈空青石勢欲傾搖飛白吾宗青雷子嗜欲頗似王無功一月二十九日常不醒醉語喃喃呼董龍與酣好書仍好畫自

眼瞠天心胆大經營意匠作此圖石磵雲窕看能挂魯堂
太守今之元魯山柴車遠駕來荆蠻衙官未肯辱屈宋後
堂尚可延彭宣京塵眯目還相對蒼狗白衣多變態歲寒
託契良有以不入和氏門前槐柳隊昔年啟牙籤鄴杜天
尺五故人寂寞返三山有酒難澆任城土如今重展章江
岸歲月磨人經幾換一迴展卷一沈吟淚痕較於前度深
繭紙如新印樂涇金銷石泐嗟何及眼前突兀魯靈光舊
感新愁百端集

題伏波宮米南宮畫像 有序

嵩有南宮熙甯七年題名方好菴信孺因勒南宮自寫小像於左上有高宗贊旁有小米題識其下則好菴跋也南宮宦粵本傳墓誌俱失載在好菴時已不可考其來游蹤跡有確據者僅此存耳王贊府君農摛裝成軸自爲詩歌更索余題余按海岳遺事云米公自寫眞世有四本一本古衣冠曾入紹興內府有其子友仁審定贊跋蓋卽此本是也外一本爲蘇養眞題一本唐裝據案執論十七帖者元章自書棐几延毛子明甯館墨卿之句至蕭閑堂畫像則楊之儀筆也玆考其顛末並係

長句以復於贊府云

海岳外史古衣冠面目彷彿神獨完我疑當年僕僕拜此石正如迺犀留影不可刓捫苔更讀好菴跋始知古人好事今所難思陵奎畫鬼神護虎兒審定蛇蚓蟠鸞標玉軸久寂寂乾卦小璽猶團團紹興御府藏書畫式米芾雜書用皂鸞綾褾白玉軸諸書並用乾卦印見齊東野語蕭閑堂壁已如掃據梧形化何足觀端須位置巖穴裏石壽遠過縞與紈茫茫宦迹遠莫考賴此可證傳誌之叢殘公之來遊足爲此地重公之輕重初不在此官要知屐齒曾一到何必博訂心力殫贊府嗜好古賢匹烟

墨日榻青琅玕裝潢整飭題句好健筆直壓千峯攢罔君將以寄京國不覺抵几爲長嘆楊次公輩那易得顛也不死宵兔白箇彈何如懸高齋薰以沈與檀紅蕉丹荔潔可薦墨卿毛子功不刋請持斯語質外史莫道饒舌呵豊干

題吳白巷照畫蘭竹大幅

渭川千畝老可胸谷香獨重所南翁板橋復堂今又死爾來此派成衰宗白菴妙墨何所投側釐紙上蛇蚓風勢縧求治有條理坐令九畹闢蠶叢美人拏首自娟好醜婦捧心難爲功闢然石背出風篠儼若少女窺墻東此君奇氣

喀可見馳騁古法皆絕蹤聞君浮湘探幽阻九疑連綿楚天雨蘭葉叢叢憶左徒竹枝斑斑泣湘女料得華源師化工百怪刺腸時一吐神來不計毫與楮元氣淋漓衆香祖張之素壁却秋暑白酒載斟琹載鼓勝讀離騷二十五

花園鎮阻風因謁方公祠

逐燕逐燕燕燕高飛劉氏未安晁氏危金川門開夜流血湖海飄零半邊月處人家國良不易豎子竟敗乃公事殺身成仁何敢辭南董春秋嚴一字都司忠義出師門臨危投命古所敦可憐爪髮瘞何處祇今潮打胥江魂我來泊舟

風雨急河豚初上蘡藟碧槿籬茅屋對荒祠萬樹垂楊烟
纔直臨風憑弔重咨嗟野鶯啼落棠梨花獻門靖難功何
偉不見長陵春草萎何如名字照汗青行人墮淚豐碑底

靈邱城李存孝故里

道出靈邱城城郭半荆杞豐碑道旁矗云是義兒里唐家
日月幽不明節鎮留後外重成親軍養子示恩信武夫悍
卒傾朝廷朱邪板蕩驕莫制獨眼龍飛氣蓋世生兒亞子
良可已蜾蠃之祝毋乃贅安家牧兒好身手俊鶻脫縧鷹
在肘一朝走檄愈頭風轘裂何人惜功狗立菑非種胡可

留後來吞噬無時休管絃卽𡍼李天下貌 吉烈來艮有由
四君三姓絶天紀宗廟雖存享非祀遂令 馬陸尊南唐正
統遙遙猶繼李盧陵特傳亦儌愚不然此 輩祇嘗奴可憐
委鬼當權日藍本流傳到士夫

霪雨嘆

水氣積陰慘不舒疑有陰怪此逃逋乖龍如羊飲齕殊神
女鞭之上天衢彌漫一雨竟三日天地變色湖非湖噢珠
濺玉連須洞渤沫腥涎時一送都無景物坐瀟湘但有胸
襟貯雲夢不獨浦漵迴入微鵁鶄絶跡鴈不飛可憐餓死

空城雀何事厭棄魚蝦肥往時毚繹山正墮雲霧窟蛾眉
閉置甲帳深憶爾宮螺青入骨舟人爲指浮屭中二百里
內市井窮一痕波春是堤影天晴倘見波心虹徐兮魯兮
無畛域酒漿茶把珍莫得冰壺倘存徑寸虀腐儒例當併
日食齊民冬望六出花點點云是粟麥芽今年冬半欠三
白陰淫不作乾馬牙河魚腹疾愁欲死以水濟水胡爲爾
丙丁帖子枉書成閶闔森嚴謁如鬼我恨不學錢婆留十萬
彎犀射江潮又恨不學吳隱君神劍直斬盤渦蛟蘆灰一掬
湮不得任爾喧喧響暮濤

野鴨

野鴨飛不去湘江多耿沙自憐雙翼短慣是一行斜水荇暎寒碧秋蘆鋪白花舉頭問鴻鴈何事學浮家

紅樹

詎有拂雲幹競爲時世粧不因紅紫色誰見淺深霜似客感秋氣入波翻夕陽火山千萬簇無樹是青蒼

大風夜過馬當

水程險絕處曛黑一帆過燈火明遙岸雷霆走鉅波葉舟歸夢闊旅鴈畏心多賦筆年來減靈風奈若何

石桐先生能詩尤精五律常撰主客圖以張文昌賈長江爲主餘人爲客復裒巳與令弟少鶴先生詩爲二客吟幽深冷峭不減唐賢讀其詩思其人久矣今始獲晤於韋廬勉成二章奉贈並送其北歸

二首

夙識膠東叟居然稷下賢詩如人瘦健心與古周旋一字嚴南董終身奉閬仙劇憐相見晚何況是離筵

去去幾千里淩寒舟上遲楚雲不斷處湘水欲生時聽雪逢收眼敲冰硯有澌同行有王縉商確畫中詩

初發桂林

首夏辭鄉縣澄江繰練絲小舟凫鴨散慣客燕鴻期落日虞祠掩鳴橈楚些悲閑雲擬相送故故出山遲

黃州赤壁

赤壁磯前撥棹遲釣魚謀酒復何時江山萬古美如此老子當年興可知鶴侶難尋疇昔夢鶻巢應在最高枝蘭亭若許方金谷鐵綽歌凌橫槊時

哭黃南溪

南郭冲烟每過尋卅年一吷去來今質亡虛負揮斤手諸

在猶慙掛劍心港廢金蓮觴咏改亭荒招隱屐聲沈知交不獨黃壚感零落誰聞正始音

題萬東齋課讀圖

晷剪茅茨見古淳地偏花藥有精神家風遠過劉長盛童子皆如井大春天際鶴鳴時上下隙中駒影易因循繪圖拈出窮經力不取浮榮貽後人

夾馬營

洛陽西是法禪寺此地何來夾馬營水氣挾寒欺曉日林梟餘葉帶秋聲舟人尚指香孩蹟過客紛傳誕聖名汴社

久墟龍刼換僞齊封建近東平

初秋過李松圃一鑑樓留飲感舊作

仙李名高昔歛襟辟疆園近許追尋雷聲將雨洗殘暑花氣撲簾籠晚陰萬里鷗波縈想地百年朋舊感秋心石交半入山陽笛慙愧當樓兩碧簪

立春

青旗簇簇騎纖纖巷陌人家盡下簾豔女半偎金鴨看鄉人指點土牛占香凝曉盞冰蛆細縷映春盤雪薺甜莫謂齋廚風味冷陽和未易到茨檐

小除

歲除仍是滯京畿隔座傳鉤共阿誰酒薄堪稱養生主餳
香爭祀旅人炊寒雞戒旦聲非惡瘦蹇衝冰汝好爲最是
經年臨晉雪祗今猶向鬢絲吹

南皮

今古銷沈未有涯五官曾此讌朋儕應劉鬼物情何極風
月南皮景自佳林葉辭條紛欲徧岸霜收潦淨于揩親交
我亦嗟零落便覺中年無好懷

徐州

麥苗初長未平疇水溜洽洽響碧溝漸近江南好風日一
鞭殘雪入徐州

重登浯溪五首

叢叢窠石斬然新船着浯溪緣逬唇記得岸頭楊柳樹長
條遲我五回春

渡香橋過是峿臺小邑濛濛夕照開草色山光青入市胡
麻花片逐船來

曾經杯飲散花灘漫叟杯湖尙覺寬千載相看兩不厭世
間無此小巑岏

柳郎宋柳應辰偉押慣駈痁石鏡山精乍敢奩莫議浪翁文字碎能輪持正九千緣

紫荆花發照祠前折得繇枝供几筵落落如公數十輩救時何止中興年

曉至秣稜

殘蘆如語水凝藍北渡經今歲又三醉看船頭歌白苧青山相送過江南

三管英靈集卷三十五

福州梁章鉅輯

葉時哲

時哲字亮工馬平人乾隆間諸生有越雪集

田家雜興五首

造化產羣族巨細欣有託唯我山野愚世業守耕鑿傍水開田疇依山結村落漸次鄰里稠親戚日連絡相向但樸誠相戕在浮薄藜藿易爲充布衣隨分著唯待耕種時各自利鍬钁

門前溪水環流綠幽而折早食就風涼晚食當月白翁媼笑相視兒孫坐成列詩書雖未讀孝弟頗能說日日胥爲常寧知貴與達

高巖星尚懸深谷未升旭兒曹日作苦爛漫睡正熟竹燈挂土壁紡車聲轆轆女息男復興荷鉏向山麓

終歲亦云苦告成在秋月相將及天晴往穫力同竭父子俱在田鐮聲聽軋軋日入擔負歸田中殊未缺

人生唯一心百慮爲之擠達人貴安命農夫志非遠駿馬非不驕牛背偏覺穩珍饈非不美蔬食偏覺善因時事所

事男婦或無曉郎此樂閒逸悠然風化本

劉賢良祠

柳江天下清柳山天下奇借問何能爾中有劉蕡祠神鷹奮一擊不中還高飛范滂及李膺在漢名應齊豈屑與時輩品位論高低合與此江山茫茫無盡期

柳侯祠

兩粵屬邊徼秦漢爲荒戍往來無冠裳晨夕異寒煦豺虎當墟市蝮蛇噴毒霧一自我侯來清風驅瘴去登城訪遺跡山鬼爲呵護黃柑二百株手植知何處默默更無言低

徊日將暮

題天馬山

天閑不鑰金羈開天馬飛下雲中來朝刷暮秣徧八極渴飲龍江聊一息王良造父鞭不起化作此山枕江水我家正在江水旁每對心骨爲開張努力直上踞其脊俯看一氣雲茫茫世間駑質何紛紛似此天矯誰能馴沒鏃止堪中頑石當時枉悞飛將軍將軍當時亦不遇一鳴驤首誰當顧茫茫萬里江天暮

寄歐陽介石

高人江畔住門對水雲寒薄醉晚風起枯吟曉月殘向儋
乞新筍植地作長竿久抱烟霞志辟書徵恐難

訪友人不遇

綠竹最深處蕭然居舍清空階落山影鄰院有書聲渺渺
孤雲跡悠悠野鶴情那堪歸路裏惆悵暮烟生

歸故里春社感懷

欲見梁間燕方驚節序遷石根圍父老林際瞹雲烟活水
春田外叢山夕照邊何人知此意風景憶當年

郊外白蓮

迤邐荒城杪明霞映水隈四圍新稻碧十畝白雲開洲淨
鷺過處烟深漁唱迴清涼非易得好待遠公來

訪何子如宿羅池書舍

散步相隨遠高人酒乍醒月留三徑白室掩一燈青古木
來山鳥疎簾入水螢話長忘夜永此外有誰聽

周澤棠入羗尋父歸里賦贈

路入西羗遠思親淚未乾若無相遇處祇覺此生難虎境
少人過雪峰當夏寒寧知此共返鄰里亦稱歡

秋日寄歐陽梅塢省兄登州

抄

西風起林薄四野瘴烟開一送故人去兩看新鴈來計程
過督亢何日到蓬萊有約羅浮頂相期更舉杯

月夜同達夫以微雲淡河漢五字分韻

月生積雨後涼宇淨無塵何以酬良夜沈檀手自焚蛩聲
階際出山色露中分靜意誰當識寥寥我共君
周除見冰淨相與賦明河若到層霄上清空更若何遠懷
池畔起涼味竹間多卽此成蕭散聊爲望月歌

送少鶴師重任歸順兼寄童九臯

鶴衣行復去相送柳江濱想得傳孤詠豈唯過九真瘴雲

經處散邊月到時新舊日從遊者坐中增幾人

抄

送達夫赴歸順

心念此行遠龍江漲落初沈吟今日別珍重後來書兩歇羣峰外虹分夕霽餘扁舟如有夢應是到吾廬

抄

再至蒼梧呈介石

欲歸猶未得黃葉已紛紛多病難爲客無成又訪君孤鴻天外唳遊子夜中聞身計何年遂相期入嶠雲

晚泊

夜深時獨坐鄰艇悄無言沙鳥過蓬頂漁燈露葦根角沈

孤戍迴烟暝遠村昏惆悵吟成後唯應和峽猨

江皐晩興寄懷達夫

散步東皐外閒中感興多遠村凝暮靄返景麗晴波顧影鴈呼侶蹇裳人渡河興懷同志者無那別離何

叙吟

白首苦追求吟成淚已流冥搜如未得畢世覺難休匠物山當戸牽懷月滿樓此中無盡境知爲幾人留

除夕感懷

時序復更新故衣猶在身滿城簫鼓夜虛室寂寥人見月

常愁夜逢花始惜春近來經巳慣不必是茲辰

送潘廣文歸里

東郊送别者强半有求人獨愛潘夫子蕭然祇乞身著書刋幾卷採藥值三春瀑布當軒落山樵與結鄰

移居示歐陽學山

居亦臨城市沿堦生蘚痕還如故山裏秋夜聽吟猿護竹留新筍移花帶宿根不因君過訪誰復叩柴門

始雪

夜來氣蕭索曉起色黄昏著地看猶薄因風覺驟繁乍還

抄

松際鶴漸失水邊村卻笑苦吟客當寒不閉門

史如璣 十首

如璣字玉衡灌陽人乾隆間歲貢生有崇山閣集

采枸杞

綦城城北隅遍地多枸杞纍纍碧枝上離離珊瑚子盈掬或盈襜終朝且採此豈不憚跋涉聊爲具甘旨偶陟城背崗悵望白雲起我知採蠶女鬱鬱何時已

鳳凰山貞塚歌

族有可傳公貸嘗卒金不能償被索逮出告貸未還卒

紅宇嶠西詩鈔 原刻

至其家紿公妻蘇氏曰爾夫以爾償我債矣速隨我行
氏知不免乃沽酒給卒飲入室投繯乾隆六年督學張
公題貞魂亘古旌其墓臺在鳳凰山
人生自古誰無死理順心安無愧矣泰山鴻毛須辨明匹
夫匹婦宜知此蘇家有女貞且淑曰嬪於史伉儷篤奉母
曾聞至性孀有子亦云萬事足方期白首甘食貧不料追
逋勢相促夫婿遠行猶未歸麥舟知向伊誰卜此時悍卒
轟然至爲言汝壻將卿棄請卿裝束從我歸爲卿且控青
絲轡氏聞此語魂驟飛氣結無聲淚沾衣再拜向卒三致

抄

意絲蘿欲附覓爲期悍卒一怒呼何屬却立驚定還拭淚須臾脫珥出蓬門沽酒爲卒謀一醉卒舉酒氏入室嬌言慰阿母揮手罷弱息猶聞悍卒語不休豈知妾志堅如鐵良人偕老有前盟從此幽冥一旦隔請爲良人謝惡客三尺繯首明心跡妾死無憾陰氏妻妾魂只化望夫石

紀杜邑侯事

明末龍虎關失守守將曹志建率其敗卒轉肆焚掠諸邑受害侯方與紳士團練鄉勇曹突至侯大駡遇害志失載事見史氏家譜

雄關既失守餘孽乃爲殃天意竟難問吾侯重保疆青燐寒賊壘碧血舊琴堂故老談遺事空山淚幾行

赤壁圖

分明前後賦寫入夜游圖風月還清白江山畧有無吹簫聲未遠舉酒興非孤勝蹟資憑弔名垂天壤俱

春陵道中懷古

楚山層疊望無涯客路縈紆思轉賒人去月岩傳太極雲連玉琯護重華悲風蕭瑟鳴殘葉落日蒼涼噪晚鴉此去浯溪原不遠漫郎歸後復誰家

輓松江司馬春林蔣先生

如公合向古人求卅載傾心面未謀忽訝阿咸腸欲斷白雲零落望蘇州先生卒於蘇州從子瑤圃聞訃哭以詩甚慘切

不盡吳民去後思未能借寇有生祠桐鄉父老傳遺愛正是看碑墮淚時

粤嶠吳淞路幾千要持杯酒酹新阡百花洲外烏啼處記取他時繫客船

題釋維昆畫馬

天閑自出渥洼濱隴阪難逢一顧人不道空門忘色相愛

他神駿又傳神

望疑亭口占

仙風吹動九疑雲竹色嵐光望不分回首神靈一片雨南來多恐是湘君

廖相

相字奐若臨桂人乾隆間官江西浮梁縣丞有香雪詩鈔

劉仙巖

洞裏藏仙跡招朋偶一攀叩扉依落葉賭酒戀名山道想

趨三極丹應得九還烟雲空曰滿翹首望天關

林大盛

大盛字松如平樂人乾隆間貢生

山村

山村暫泊舟沙岸偶散步微雨何時過青滋芳草路地偏人跡稀林花粲無數碧嶂聳遥天白雲横遠樹持竿老叟來垂釣前溪霧相對兩無言斜陽忽已暮

潘安成

安成字汝止昭平人乾隆間貢生官慶遠府訓導

藤縣道中

漸入梧江路蘭橈自在行岸分雲樹影谷應棹歌聲隔浦春烟淡窺顏野水清家山應未遠沈坐數歸程

歐陽鎬

鎬馬平人乾隆間諸生著有寄情軒詩草

詠古

荆卿入秦關悲歌慟燕市易水蕭蕭寒白虹貫空起左拉秦武陽右別燕太子壯士無生還賓客不忍視手持督亢圖匕首薄如紙一擲雖不中聊以報知已空憐劍術疎俠

氣垂青史同心翳何人擊筑漸離死

時勢不可持仕途多反覆急流不勇退一往空遺辱在昔漢二疏高舉類黃鵠抗疏辭天子山林穩駐足祖餞出青門傍觀皆動目多藏戒厚亡分金遍宗族達士無熱中哲人貴寡欲

曲高難與和才高難與侶慨彼禰正平動輒遭世侮裸體罵公卿三摻漁陽鼓流落寡遇合寄懷賦鸚鵡曹瞞已忌才何必責黃祖傲世雖英雄殺身何所補

交情歎不古轉瞬分炎涼當日任彥叔赫赫居朝堂詞采

妙天下談笑俱金張朝士爭趨承顧盼生輝光一旦歸山
卭零落誰爲傷風雪飄蕭衣公子悲無裳故舊遭白眼語
喑氣不揚作賦廣絶交撫卷空茫茫

封致治

致治字庸熙容縣人乾隆間拔貢生官桂平縣教諭

湖山亭

曲折幽篁裏湖山別樣清無端千畝竹有客盡題名

吳荊璞

荊璞字煥賓賓州人乾隆間拔貢生

癸酉元日作

今歲我生年此生命不偶瞬息六旬過黃童成白叟天若厚我生我生應長久無官一身暇何必米五斗含飴抱孫弄父子相聚首任爾霜雪堆種種頭上厚眞元永不鑿天君保吾有秘此延年方春光九十九

蔣倬

倬字卓人灌陽人乾隆間廩貢生

古別離二首

昨夕勸郎飲呢呢燈前語妾在郎心中憑郎心自處

白馬錦障泥水深不肯渡願郎千金軀珍重天涯路

奉家書不及

親老應垂念經年信未聞詎知謀祿遠徒此抱情殷野闊餘斜照天低入斷雲秋風送征鴈南向又紛紛

蕭剛士

剛士字鳴皐蒼梧人乾隆間歲貢生

風洞巖

疊綵層巒曲逶迤樓臺點染入花宮半關開出千重嶺小洞長留萬古風下界雲飛僧補衲上方月上鶴盤空不因

抄

當代循良重何事前游說漫翁漫翁郎漫叟壁上有元次山舊游處額

韶音洞

涼生石逕淨無琴一曲當年杳莫尋湘水有情環古洞南風何處訪遺音烟開峭壁詩歌滿雨滴荒苔歲月深解愠猶存宮下竹蕭蕭清響出空林

陳　熊

熊字南圃蒼梧人乾隆間布衣

除夕書懷

孤館對寒燈淒其不自勝愁來悲骨肉貧甚失親朋臘意

隨更盡韶華感歲增一年今又去徒自笑無能

梁遇昌

遇昌蒼梧人乾隆間布衣

至大雄寺看菊

半日清閒半日遊禪房花木足勾留編成白紫分奇種點綴丹黃繪好秋有菊自堪供笑傲無詩何用苦推求問誰陶後稱知己朵朵幽香插滿頭

霍鉉達

鉉達字上鳴藤縣人乾隆間諸生

抄

落花有感

世事由來轉瞬空感懷春盡落花同繁華畢竟隨流水濃豔終教逐晚風可惜蝶翻芳草裏不堪鳥散夕陽中憑誰寄語題金谷好護瓊葩惜墜紅

麥宜棡

宜棡字舫齋潯州人乾隆間歲貢生官平樂訓導

謁梁狀元祠 平南

空祠寂寞倚江邊照眼紅霞放木棉五代衣冠憐第一六朝文藻更誰先臺荒閬石藏書地心折金鑾獻賦年莫道

芳名埋沒盡荔支佳句至今傳

潘瀓

瀓字靜公桂平人歲貢生

秋懷

空階落葉自紛紛徹耳秋聲又一新鴻鴈不來之子遠西風愁絕倚欄人

譚所修

所修字介存上林人乾隆間歲貢生官全州訓導

葉鎛

一綫天光散薄霞夕陽隱隱見棲鴉不知積翠能藏日但愛遊絲偶綴花小雨乍侵寒淅瀝晴風纔動影鬖髿一枝引我巢林棲穩與鷦鷯度歲華

容章

章字有文上林人乾隆間歲貢生

送春

只道春深雪正消好隨芳草過山腰誰知深處春還在花事闌珊滿畫橋

黎卓禮

卓禮字敬亭武宣人貢生

宜軒贈別

良會不易値邂逅若相忘離懷豈在久暫別亦神傷昔時握君袂青梅逐雨黃一樽共傾酌漏短話言長綢繆慰永夕詰朝促行裝僕夫載脂轄莫褰子衣裳誰不悲離索難爲比翼翔呦鹿食野苹白駒在藿場知君庭闈在所遊必有方山館吾舊遊松陰覆院牆長夏苦炎熱藉此納晚涼爾音旣不閟金石聞鏗鏘主客樂賢嘉並吹笙與簧歡娛晷影促荏苒歎流光秋風鱸魚肥客子憶故鄉淸溪一帆

挂兼葭正蒼蒼溯洄修且阻中夜起徬徨吁嗟古人言動必參與商臨歧漫聽仰念子行倉皇前途但珍重莫輕牽別腸甕頭春酒熟與子更共嘗

唐逢年

逢年字田六灌陽人貢生

打魚行

終日看打魚不滿數十頭漁父心瞿瞿悄然如有憂招手呼漁父繫艇詢其由滔滔大江水不斷活活流江中產魚應無算今子何爲捕未善漁父心轉惻歎息顧余言謂非

不善捕正恃産之蕃上有哀親並幼子不稼不穡業在此朝打鱣鮪鯉暮打鱨鯋魴安得網無漏舉手期盈筐君不見上下津梁各有限焉能飽遂同山狠漁父言未半客聽增悲歎生有盡取無盡取者當惜生者命

王象升

象升灌陽人諸生

題畫

三山秀起列雲端米氏奇峯耐遠看烟雨日多晴日少懸知絕頂最高寒

李熙圖

熙圖字孔碩永福人官永康州學正

晨起漫興

博識曾聞行秘監清修誰號老維摩書當臨用方嫌少詩要能傳不在多戲海偶臨鍾傅帖惜陰欲返魯陽戈黑頭幾輩爲公者且自栖遲樂澗阿

入山忽有大雲垂野鶴閒凫總不知到手恐無經世畧將心常想受知時洞天古石堪爲友春雨幽花獨耐遲我是范喬耽著述摩挲祖硯淚如絲

三管英靈集　卷三

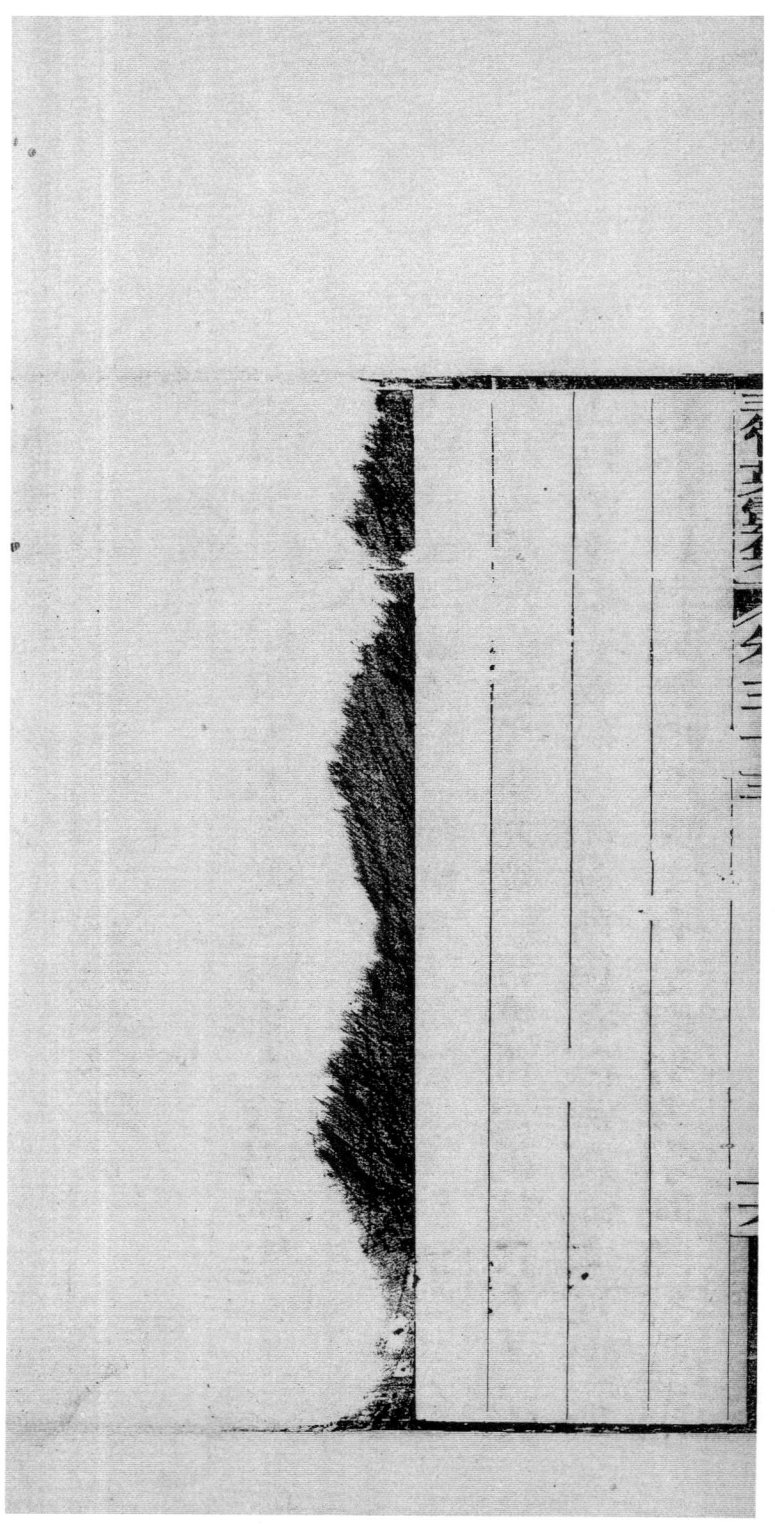

三管英靈集卷三十六

福州梁章鉅輯

李汞維

汞維字四防馬平人乾隆間諸生有鳴秋集

過友人書舍看菊

冉冉歲云暮霜露日淒清園林盡蕭瑟艸木無餘榮獨有東籬菊離離尚含英孤光燦三徑寒香浥前楹佳人美清晝旨酒樂嘉賓新詩發幽趣所傷在沉淪沉淪未足傷還惜天所珍名花無時豔傑士有遠神努力崇晚節勿爲競

芳春

大和村

四山如環合中聳一山孤山下野人郁榆椰蔭茆廬桔槔轉流水穲稏滿平蕪我來山水間心境寂以虛月出水適靜雲生山欲無無因却塵累顛首愧樵漁

中秋夜瓦窰村作

佳節兒童喜村村聞笑歌轉憐良夜好自向客中過雲淨覺天迴山空知月多庭前有烏鳥終夜繞林柯

途中偶成

山徑沿溪曲重巖結晝陰暗泉穿地脈危石挺江心瘦馬嘶長路窮猿叫暮林行行殊未已新月挂西岑

覃朝選

朝選字晴川蒼梧人乾隆間諸生有綠蔭堂詩稿

水宿

水行息欠伸終朝坐舴艋入夜暫維舟愛此頗幽靜林深烟火微天豁明霞炯長風東南來明月出前嶺金波漾漣漪寒光浸衣冷心清不肯寐臥看銀河耿空際寂無聲時有飛鴻影

抄

夜坐

明月上林東遥天開遠暝好風松間來流水憩虛聽宿烏時一鳴溼螢飛不定坐久生微寒白露滿蘿徑

登梧郡城樓

登樓望秋色雲水遠淒迷一鴈欲何去天涯人未歸疎鐘冰井晚落日火山西回首寒楓路丹黃葉葉齊

夕望

殘照依崖轉炊烟隔樹微天晴秋水闊葉落鴈聲稀桑柘疎樵徑牛羊返竹扉遥聞人語近知是穫田歸

晚晴

睡起忽新晴斜陽一片明雷驅殘雨過風挾亂雲行竹影搖空翠花陰落滿庭紛紛高樹上乾鵲自爭鳴

秋柳

記得分離日長條拂馬輕相逢搖落候猶有故人情黃鳥春前夢寒鴉雨後聲可憐行客意寂對淡烟橫

山行

輕雲翳日影古木淡秋陰一路山行好泉聲襍磬音松杉多古意猿鳥亦仙心舉目炊烟外人家黃葉深

寄壽嵋弟

連年冬外侮頼爾息紛爭辛苦持門戶艱難見弟兄母欣今日健子是去年生底事歸期誤春風吹落英

到昭平

出峽如出戶羣峰次第開城低遥見樹塔古半生苔水急舟難泊天空月早來鄉音猶未改吟眺獨徘徊

夏雨

濃陰日色收苔綠滿牆頭雲重晝疑暝雨多涼似秋庭花開乍落溪水漲初流盡日沈沈坐簷鈴響未休

寄黎桂山

至性如弦直澄懐若谷虛囊空猶贈客病好卽鈔書作達心無累貧閒樂有餘近聞身已健眠食究何如

子夜歌

君如江水波妾如明月彩月照水中央水流月還在

閒步

雨餘閒步小塘東雲影天光一鑑空獨立片時人不覺葛襟涼透藕花風

張及義

及義臨桂人乾隆間軍功　賜九品職銜有吉園集

送春

春風漸暖春草長花開花謝春正忙金閨刺罷雙鴛鴦待兒撿點繡羅裳停針無語情暗傷忽聽流鶯弄笙簧含桃欲赤梅子黃物候相乘趲流光東君歸去將束裝收拾春服何皇皇為恐元鬢凝秋霜急呼新醸飛霞觴再歌送行詞一章踏青鬭草撲蜨場但願歲歲當春陽不改青鏡紅粉妝

伊江館舍送別顧雅初東旋八首之三

嶺外浮家出塞游雄心萬里不悲秋魚龍超海朝天闕鶴
鹿乘雲探古邱抱璞輕投空自惜藏刀未試更誰求塵緣
應遂他年約蓑笠同攜放釣舟

蕭蕭風雨扣柴門倒屣迎來笑語溫數卷殘編翻几席半
甌脫粟鉄盤飧共憐綠鬢黃塵染相笑朱唇墨漬痕萬里
沙場同作客一聲歸去黯吟魂

雪山光映月華新鞭影長辭瀚海塵誰向停雲同悵望獨
揮清淚暗思親玉關生入須回首沙磧蒐歸有故人遥計
閭門歡笑處爭看游子尚青春

途次巴里坤北山寄伊犁顧雅初

回首天山望玉門塞雲如墨黯驚魂低徊何事停鞭策贏
得黃埃撲面痕

紅栁梢頭掛夕陽平沙轍迹路茫茫不堪回首西風裏遙
望伊江又晚涼

陳乃鳳

乃鳳字翽文藤縣人乾隆間諸生有巢阿集

度鷓鴣嶺

連朝困腰脚前路又登陟林樾入陰沈拄杖扶偪仄穿永

尋源去巍巍山面逼一石壁兩扇凌雲爭峭直中懸千尺泉入地不可測牽蘿攀絶頂未半日西匿猛虎嘯一聲陰風倏昏黑僕夫驚却顧恨少雙飛翼努力且向前沽酒佇棲息行行下山來山月皎如拭回望舊來處猿啼寸心惻

早蛩

未到清秋節微蟲似早知簾垂無月夜人聽背燈時響細鳴猶怯聲孤恨轉遲露華吹易白爲爾觸愁思

謁五屯所覃忠毅將軍祠

將軍名福自曾祖夢顯公平黃得寗寇世守禦五屯傳

至將軍征大藤峽深入寇地伏賊矢中其頰死屍不墜馬衆皆駭異明祖嘉之敕封忠毅事詳覃氏族牒中

玉馬珮戈勇冠軍捐軀報國昔曾聞千秋俎豆酬英魄一陣蟲沙惜戰勲繞檻灘聲寒落日入檐山色擁繁雲可憐功績遺青史幸有家傳族牒文

控粵亭 梧州

孤亭高據桂江頭襄毅遺蹤此一邱山控東西分兩粵江環左右滙雙流伐藤戰鼓聲猶壯投劍仙人去不留功業永垂氛祲靜月明關外唱漁舟

吳清惠公祠

青史聲名著藎忠荒祠冷落長蒿蓬周旋患難曾聞弟觸忤權奸獨仰公（公觸劉瑾被枷朝門外弟廷弼朝夕飲食之得以不死）壞壁蛩吟催夕照破檐鳥下訴秋風可憐後裔無消息爐火蕭寥享祀空

袁思名

思名字鑑川又字子實歸順州人乾隆間諸生有鳥鶴詩草

述志上少鶴先生

抄

古稱三不朽立言又其次言之能有物乃與功德比舉世不師古此道吁將墜誰能挽頹波逐流更揚沸磊磊空自奇孤介恥側媚豈期百鳥羣忽得聞鶴唳白雲翔喬松清風灑芳蕙相從媿奮飛瑤華託素志

送全冽

昔年醉我涼風生今歘送君淒風鳴飛鳥遥空沒何處離絃苦調難爲聲天寒崖樹狖長嘯日暮江村人獨征此別無須意惻愴萊衣粲粲趨邊城

九日與童汝光登賓山寄呈少鶴先生

一嘯破秋空蕭蕭落木風古來重此節盡日與君同孤鶩渺無際騷人悲不窮一尊白衣酒好為待陶公

悄然生遠心來處曉寒侵賴得閑相引誰知思獨沈詩於人外好境向眼前深脈脈應相喻曾同出鶴林

送李達夫不及却寄

此別知不久相思難自禁我來悵已去何處發孤吟山路秋雲薄江行暮靄深遙知歸後夢猶在極邊岑

過鄧藻堂野居

雲水飛鳥外草堂雲水間樹根蟠石榷草色上庭閒知汝

長謝客讀書終閉關無人經過處落日滿寒山

憶江上李逵天

草色連江樹孤帆向水東船窗度早月吟枕上秋風淮路依山盡湖濤轉峽空鄉園何日到看洗石邊桐

送陳秀才歸新寧別業

池竹風雨聲草堂歸臥情話僧逢夜雪携鶴向秋晴憩瀑影邊落吟嵐身上生相看垂老別綵髩亦堪驚

題李處士野居

青嶂白雲深泉邊破宅侵酒當觀瀑酌詩去看山吟洞有

鹿卿草門無人聽琴一裘冷不出無事即相尋

題黃成之所居

屋繞千年松溪迴半夜風白頭梳久嬾黃卷讀遲終病果啄饑鳥乾蔬眠凍蟲知君日無事掃竹教兒童

送蔡梓之歸覲

隨身書數卷行傍樹邊陰愁盡别時語夢歸遥夜吟草霜没隴馬帆月靜江琴知到海南日歡生白髮心

送蔡使君

五載爲邊守吏人如病閑罷官載書去多債賣琴還帆影

隨湘月猿聲離楚山重來更何日應尚念民艱

早秋寄遠人

昔同學種瓜今獨老天涯去去逢新雁年年遠別家山銜何驛雨水宿幾程沙猶記送君處橋邊生晚花

寄陸菊叢

書劍隨飄泊其如貧計何行逢故人少憂過少年多道遠秋無雁燈孤晚有蛾舊山期共訪花信幾回過

題慈雲寺

陰沉高殿上苔老古墻頭門閉空塘雨樹啼寒鳥秋似無

夜館話爲解野人愁清響何時起孤鐘動曙樓

送王七織雲

舊話春寒夜離人晝雨天孤舟江寺月匹馬驛樓烟家到難計日書來不問年知君爲客慣一事更無牽

過蘇秀之館

花竹遠寺看空堂吟倚欄多年爲別易今夜免愁難燈照秋池雨猿啼霜樹寒明朝知獨出野寺曉鐘殘

寄鐘兌岐

淪落此時身愁吟淚滿巾未歸孤館夜空憶故山人苔井

鴿沿舊竹庭蟲語新寄書恐難到誰更遠憐貧

龍州早發

江郭一爲別主人燈未闌獨吟驚宿鳥餘夢續歸鞍雪色村邊犬月痕峰背殘冬銷行路日失計向誰歎

追送王顯叔先生兼謝以書留別

天邊偕鶴遊去帶粵山秋臨別不及送月明何處舟臥聽江瀨激回首嶺雲浮留得墨痕在聊憑消遠愁

寄酬童正一

孤館寄何處溪雲白石邊僧同觀瀑坐鶴自聽松眠別易

愁過日酬難不計年何時故山夜相對舊鐙前

同唐夢得過訪覃巘瑜

住處去人遠閑尋應到遲井泉嘗味汲臥榻逐涼移明月孤松夜殘鐙無語時獨愁來日別重會又難期

宿章丈旅館

夕色斂窻虛寒燈愁對餘相深貧後話分看借來書走月離雲片飛螢出草疎明朝却唫別枝語曉禽初

野橋

南原橋上路落日古通津野樹寒歸鳥霜溪夜送人漁歌

侵荻冷螢火坐衣新時有青藤杖閒過伴此身

送黃少府 延禔

不作邊州尉民牽出郭衣身長留病在家遠帶貧歸沙鳥泊邊立谷花尋處飛西湖唯夢到書札恐來稀

寄王二秉倫

一生愁過日白首更悽惶自奉無餘物人傳得教方雕蟲合鐘漏風雨雜茆堂暮郭隔溪遠吟思秋正涼

寄梁大鴻舒

半壁依何處城東古廟邊有琴時獨理無事日高眠遶野

夕陽雪隔籬寒樹蟬回思與君別不覺又經年

麗江除夕

雞聲起四隣半夜歲除新空積遠江雪未歸孤島人燈前
增寂寞病裡強吟呻客館門匆柳明朝鶯語頻

寄杜少府

十年作尉老窮邊久別西湖夢釣船曾到張琴寒雨後吏
歸封鑰暮鐘前秋庭鶴語月明夜沙堰驢騎楓暗天此外
風塵無別事知君不廢是詩篇

題寶山蘭若 拄平

山半空廊倚落暉綠蘿深處到人稀飛過石上泉聲急坐語鐘餘花氣微壞衲僧離殘月定寒林鶴帶暮霜歸丹邱何用別尋遠於此來時便息機

送人遊蜀

孤客秋風落日斜蜀門顚嶺去程賖山寒李白讀書處帘暗文君賣酒家帆影逮虹侵萬里萬里橋猨聲入月帶三巴知君不畏蠶叢路莫惜吟多天一涯

秋日山齋

高梧一葉落涼天壁繞疏籬陌露烟老去獨思無病日貧

來猶望有秋年夕陽挂樹爭啼鳥暝色當樓迭咏蟬更向
虛窗一閒坐不吹長笛自淒然

山中寄蔡小襄

岡屏藤蔓爲誰開時有漁樵共往來書自空山當雪讀藥
將小圃待春栽飯僧錫挂棲禽樹看瀑節支過鹿苔欲識
相思在何處斜窗入月夜霜堆

登鶴峰寺閣

絕頂琴徽何處尋空門關住白雲深樹頭尋伴鳥相與潭
底見人魚欲沈

抄

經麻道人故居

雲樹深深寒鳥棲飛泉嚙石入牆籬塵生藥竈人亡後日
落山村客弔時

象州夜泊

碧水光分白鷺洲淺沙蘆畔駐扁舟隔林夜半霜風起散
入猿聲送客愁

XD2379
:14

三管英靈集卷三十七

福州梁章鉅輯

唐昌齡

昌齡字恒心歸順州人乾隆間歲貢生官雒容訓導

有碧川詩草

秋日奉陪杜少府游皇華亭

山水淺深趣因人趣乃投興來先策馬相遇共登樓竹護千家綠雲歸萬壑秋眼前無限爽應許一亭收

寄羊城耶卓峰

抄

才大天爲老沈吟直到今青燈分客夜白髮慰親心春曉鶯遷木秋風鶴在陰雲山信迢遞莫惜寄佳音

下第步童澂光韻

下第舟程遠蒼梧夜泊時頭顱已如此心計欲何之灘險流爭激山高月轉遲桂林讀書處迴首幾相知

述永福舊游呈鄧經堂先生

昔日鳳城住鳳山高最幽鶴歸一僧飯鐘動萬家秋採菊人攜酒題詩客上樓先生今日往精舍定重修

陳鼎勳

抄

鼎勳字銘庭臨桂人蘭森四子乾隆間諸生

九日登獨秀峰

時逢佳節載芳醪絕頂登臨意氣豪碧蘚鐫碑尋作者青山策杖屬吾曹畫屏環列千峰峙玉筍淩空一柱高秋色重城吟興動且邀仙侶共題糕

張鵬衢

鵬衢字礐亭上林人乾隆間廩生

秋蘭詞

聽我綠綺琴彈茲猗蘭操琴中有何意爲言多離抱美人

寄空山廉貞空自好綠葉冒紫莖秋風倏以老寄語聽琴人相知君應早

倪詵

詵字同人臨桂人乾隆間布衣有寄塵山房詩藁

白頭吟

結髮爲君婦贈妾白玉簪簪折髮亦變棄置豈君心君試調綠綺妾歌白頭吟白頭奈君何朱絃空好音

戰城南

戰城南城南之賊薇城北天地無光日失色死人身上立

活人官兵自殺不相識將軍怪叱日昏暗傳令燃燭夜開宴葡萄美酒琥珀光蠻姬跳舞歡勸觴戰士酣將軍醉帳前執戟嚴護衛平明開城賊去空割取首級獻元戎至今城南石上銘猶頌將軍征戰功

梳粧臺在橫州署內相傳宋儂志高之妹舊蹟

黑樹沈沈陰風愁樹外層臺高城頭父老相傳有宋代儂家小妹梳粧樓梳粧十二小蠻女平明大開洞蠻府孔雀屏遮朝日光旗門吹角擂銅鼓仙姑睡起雲櫳房海棠一枝春風香花裙葳甤怯無力寶髻蓬鬆慵未粧銀盆爨試

木犀水鈿盒輕拈白玉指椎成初換青絨衣明珠大環謟兩耳錦帶飄飄重束腰後營試馬馬蹄驕阿兄喝叅侍女羨酥汗融融扶下橋大陣小戰軍前見繡旛掩映芙蓉面凱歌疊作小蠻音纖手按佩七星劍七星劍氣昏塵埃漢家天使從天來正月十五崐崙破狄火枕戈臥椎臺五百年來妖氛滅寶鏡無光空明月春風秋雨磚苔生百尺榕根久盤結我聞此地屬高涼譙國夫人之保障同是女人貴有智畧不諫兒爲忠良否亦縛兒獻上國奈何負固甘爲賊血腥滿地臙脂花不似當年紅粉色

送歐陽湘東北行

萬里關河北憐君此一行妻兒他族寄母弟故鄉情衹爲饑寒迫能教骨肉輕年來收別淚對子復縱橫盡此一樽酒故人明日稀馬前知有雪身上惜無衣落莫銜寒去飄零背鴈飛怨懟王遜少相見總依依

秋夜雨窗聞箏

秋雨更聞箏絲絲白髮生都從愁耳入迸作斷腸聲思婦襟前淚征人馬上情不堪今夜聽冷臥簡陽城

落葉二十四韻

極目亭皋下停車夕照中烏啼湘岸冷波起洞庭空慘澹
千條柳蕭疎幾樹楓祇堪嗟隕籜誰復憶青葱在昔濃陰
布於今淡霧籠窗前秋月白村外夕陽紅流水懷秦隴荒
烟憶漢宫玉階吟蟋蟀金井老梧桐侵骨寒初透傷心曲
未終行蹤何處覓憂思豈能窮獨借棲枝烏猶憐附砌蟲
颼飀聲愈急淅瀝夢難通莫訝壺傳漏休疑雪打篷依依
辭舊幹篠簜到簾櫳入耳增秋緒驚心怯鬢蓬摧殘清夜
杵斷送曉天鴻萬里思鄉客十年出塞翁栖遲孤店雨款
段五更風渺渺分飛態紛紛離別衷魂銷驛路外愁絶灞

橋東形影頻相弔，飄零料亦同。有懷皆落落，無景不怱怱。歌調徒興感，題詩愧未工。古今無限恨，都寄蔓烟叢。

秋意用吳梅村韻

漢家城闕晚風淒，銅鼓千秋響戰鼙。孤樹寒燈村郭外，亂山烟水夕陽西。変人貢獻分茅入，降虜旌旗古渡迷。（時安南酋隆向化，大功告成。）幸託昇平無事日，女牆閒聽夜烏啼。

萬里清秋瘴氣空，危樓人倚笛聲中。殊還明月龍眠靜，雲去朝陽鳳隱窮。殘雨數聲催蟋蟀，西風一葉冷梧桐。登臨不解思鄉意，閒看漁磯坐釣翁。

不須聽角與吹笳○一片商聲自可嗟○鏡裏鬢痕驚似鶴○杯中弓影亂疑蛇○寒雲暗淡橫霜雁○衰柳蕭疏點暮鴉○無限關心何處是○菅洲烟雨沒汀沙○

寒砧日暮慘離情○聞道淮西賊已平○村舍萬家烟竈冷○關山千里月華明○濤聲夜入伏波廟○雨氣朝昏限越城○投筆十年猶未遇○秋風琴劍老書生○

何啓銘

啓銘字西屏富川人乾隆間布衣

峽夜

秋色老蒹葭霜飛石岍花危橋撐獨夜孤月照平沙怪鳥聲如鬼寒猿樹作家離魂休入夢空被亂雲遮

施惠愿

惠愿字達超蒼梧人乾隆間布衣有蘭圃詩草

秋草追和鄧方耕先生韻

郊原極目總荒涼客路魂銷一夜霜幾處牛羊歸別墅數家門巷掩殘陽心蘇雨後猶爭綠力盡風前更着黃莫恨而今憔悴甚承恩曾沐露瀼瀼

蹈遍霜蹄馬力閒誰家獵後燒痕斑笛吹牛背西風裏霜

梁楓林落照間幾縷炊烟縈極浦一鞭秋色指寒山蟲聲如雨催行客十里平原月一灣

無題

白馬青衫過小橋蓬山人去路迢迢頻歌楊柳風中曲莫問秦淮雨後潮嗷嗷猿啼腸欲斷斑斑竹染淚難消石城舊是分攜處芳草萋萋鎖六朝

愛月頻登湖上樓華筵歌舞幾時休鐘聲到枕驚回夢星影隨波送去舟楊柳方眠撩客恨桃花無語抱春愁含毫擬續文通賦悵恨芳菲不少留

豐稌

稌武緣人乾隆間拔貢生

重登石鼓書院合江亭

青鞵布韤髮星星又上高樓憩畫櫺石徑覆苔新散綠春林含雨舊浮青一簾水色江如練半夜書聲月滿庭我輩重來多慷慨未同王粲嘆飄零

登岳陽樓

滿目雲容淡不收無邊蒼翠拍天浮瀟湘以外難為水南北之間獨此樓隱隱梵鐘沈遠寺星星漁火動寒流年來

憂樂關心甚誰道功名愧海鷗

舟行

落日江干發棹謳聲聲楚尾與吳頭一千里外熟遊路五十年餘不繫舟片席低懸風力緊長篙輕打浪花柔秋來莫憶蓴鱸味珍重前期賦舊遊

過洞庭湖

一片風帆去路長黃陵廟口樹蒼蒼却憐八百重湖水直送離愁到岳陽

過露筋祠

欲爲招魂繫纜遲月殘風曉雨絲絲至今楊柳門前路想
見當年獨立時

豐稠

稠武緣人乾隆間諸生

丁橋早行（丁橋江賓州西廿五里○省志）

曉出長橋路空濛望轉迷晨風侵袖冷殘月掛天低燈影
搖沙路霜威顫馬蹄那堪留剩夢同伴過橋西

春日登交江塔

路轉谿回一徑遙浮圖直上望岧嶢層巒萬疊新螺髻流

水雙江舊板橋薄醉人歸春社酒短歌聲起暮山樵輕舟
好趁茶鐺約贏得今朝勝昨朝

曾明

明字遠齋上林人乾隆間軍功官畢積營遊擊

重陽前一日陰雨偶作

登高展遐睇涼天寄幽宵微雨過長空烟嵐餘遠照歸鴻
啼遠鄉懷客傷同調感兹風景殊擬索菊花笑

宿嶽麓禪房贈恒和倘

邀朋登覺境憩足到禪房蕉月三杯酒蓮燈十笏堂心清

蒲笋味夢繞水雲鄉惠違欣留客鐘聲夜未央

有感

蕭齋靜坐息征塵數載沙場舊此身五夜丹心懷報
主滿頭白髮爲思親孤窗剪燭敲新句客館聽鴻憶故人
回首關山千萬里扁舟何日問歸津

盛暑寄魏萊峰李鄴芸

三徑苔痕屐不侵閉關長坐滌煩襟山城盛夏兼寒暑邊
地烟嵐自古今中酒稱賢惟獨酌論詩表聖幾同心萍蹤
客緒難消遣每念禪門紫竹林

雕弓

鐵胎角面豹筋纏斜插飛魚月半懸憶得老猿曾下淚將軍營外只空弦

子規

塵寰誰與喚途迷旅館吟殘月影低回首家山千萬里春風道上子規啼

上南丹州

扁舟一葉下南丹此道何如蜀道難大壑陰雲藏虎嶺飛流瀑布響龍灘

胡承權

承權字平川下凍土州人乾隆間諸生 太平府

農嗇江招飲見示詩集因即集中贈友留鬚篇意漫

爲數言以弁

數莖換一字所失有所償所償且過當何事不相忘顧我鬚撚斷心枯几硯旁何曾安一字禿盡貌不揚以此時對客難禁笑滿堂讀君冰雪卷字字偕宮商若以苦吟計鬚也何能長怪君森如戟捋之生輝光無失而有得珠玉滿奚囊乃知惟妙手自然富篇章何須苦刻楮别才信難量

味之不忍釋浮白澆枯腸一辭不能贊南豐硯瓣香

辛未九月廿夜偕鄧敬川黃半溪勞曉峰吳仍千自龍州泛舟到窰江登紫霞洞留宿於披雲居

乘秋來訪勝停泊已宵分攜取江天月同披石室雲窗虛延樹影榻淨絕塵氛清極渾無夢晨鐘又早聞

索白波酒飲因作

呼兄兄不應謀婦婦無藏孤悶如何遣談詩或可忘知君飯面熟貽我甕頭香好共劉伶醉封侯是此鄉

秋初聞雨柬鄰館蘇生

破硯耕來久曾無負郭田侵衣風漸厲驚夢雨尤顛耿耿
當中夜勞勞憶十年不知同調者果否得安眠

美人蕉

莫作常蕉看須知倩女魂綠衣纏舊恨秋扇感前恩影瘦
窗前月心孤雨後村紅顏雖已改不斷是情根

聽蟬

耳熱微醺後憑欄愛聽蟬一生惟飲露孤調獨鳴絃鶯語
終傷巧蛩吟太可憐何如疎柳外風送韻悠然
傳聞齊女化試聽綠楊邊宿怨深難問殘聲斷復連人愁

生白髮我記撫哀絃寄語休長恨行參解脫禪

掃葉

相隨梧葉下狼籍滿前屏且使同萍聚休教學絮飛鶴巢難借鹿蟻穴未妨歸恐有題詩者筠籃莫亂揮

安得千林樹森森盡後凋辭柯緣脆弱擁篲惜飄搖倘可供烹茗無須笑折腰不堪纔淨掃風起又蕭蕭

送戴丹宮回浙

橐筆天教汗漫遊水雲深處恰相留醉人公瑾非關酒高臥元龍自有樓夜雨吟成初盥露荷風香送又歸舟遙知

堂上加歡慰秪那天涯少唱酬

和黃世玲見懷韻却寄

驪歌一唱到於今露白葭蒼有夢尋不見飛鴻勞望眼忽來雙鯉慰離心關山作客須豪飲風雨愁人漫輟吟寄語秋光楓葉外壯遊何日返園林

筆耨羅回直到今思君未得一招尋窗縈月色難成夢樹作秋聲易感心檻外天高迴鴈字堦前夜靜促蛩吟何當沽酒重相對却話離懷向舊林

牡丹

何曾矜富貴淡雅即天真姚魏誇黃紫翻嫌色事人

梅

一似曾相識江村竹外枝霜禽偷眼下殘月暗香時

清明節約王韶九出遊

連夜滂沱今日晴天公着意爲清明長堤柳色休相負攜取雙柑好聽鶯

岑宜棟

宜棟田州人乾隆間官田州土知州

晚宿白山司稱利墟

駐馬投村店支床伴老農聽人談往事懷古念吾宗怪鳥聲如鬼餓蛟毒似蜂正憂眠不得何處響踈鐘

莫元相

元相忻城土知縣

斗二隘 忻城縣東二十里

峭壁層巒奇且怪相傳此處斗二隘廻環百里勢淩空千疊千山多窣碇靄靄浮雲廻面生青青林木張華蓋四時天氣暗陰陰藹壑煙光迷遠縈鳥道羊腸去路艱攀藤附葛行人憊我來勒馬駐高峰劍氣光芒侵上界虎嘯風生

兩腋間鳥啼花落春常在何須別地覓天台聳翠如斯聊可愛仰探碧落抹殘霞俯視羣山皆下拜牧童不知問何來笑而不答過山寨

抄

夏日登黃竹嶁

憑眺俯臂巔風光滿目前山高多障日巖窄半窺天暑氣林間盡詩情醉裏添披襟閒笑傲萬壑綠相連

莫振國

振國恭城土知縣

抄

西山寺

西山勝蹟自天開著屐登臨載酒來雨潤丹崕光似洗風迴松壑淨無埃追尋故址餘仙弈欲讀殘碑半翠苔坐對深林聽鳥語幾回不禁意低徊

王言紀

言紀白山司人乾隆間官白山司土巡檢

游伴雲山棲眞洞

拄笏看山上翠微欲窮幽處叩巖扉躋殘紅葉方知逕穿過白雲不碍衣適性祇因林壑近棲眞似與世情違每來小隱忘塵事樹掛斜陽未肯歸

長橋秋水

蒹葭何處不凝秋路過長橋古渡頭一縷釣絲紅蓼岸數聲鴻鴈白蘋洲伊人在望臨江曉明月多情入夜流欲畫輞川誰得似踈籬茅屋傍林邱

春日登釣臺

啼鳥聲中瘴霧開夭桃紅杏繞溪栽長官春日無塵事一路看花上釣臺

王有輝

有輝白山司人乾隆間布衣

春日登馬山

蠟屐尋幽破綠苔野花紅紫徧山開天然一幅王維畫欲賦慚無倚馬才

黄　昌

昌歸德土州人乾隆間布衣

江州城懷古 城在白山司丹艮堅岑瑛所築

丹艮江畔江州村兩山環抱儼天門一城屹立江之趾四百年來跡尚存憶昔雲擾思田路貔貅十萬此開往扼吭當門臥老羆狐鼠千羣莫敢虔雉堞而今半已摧荒祠寂

寞野棠開大江浩浩流不息太息英雄安在哉城中草木森寒綠風雨猶聞戰鬼哭採薪樵子牧牛兒掘得殘槍拾遺鏃殘槍遺鏃紛土花一齊銷鑄成犁鈀鼓鼙無聲四野靜月明蠻女吹蘆笳

三管英靈集卷三十八

福州梁章鉅輯

陳守增

守增字謙益臨桂人兆熙子嘉慶三年舉人官國子監監丞

九日登獨秀峰

重陽有客欲題糕勝境登臨興倍豪拔地峰危誇獨秀摩天人到仰孤高重城菊放三秋色五嶺松騰萬頃濤最好目窮千里外況多同調載香醪

周貽緒

貽緒字燕堂臨桂人周瓊子嘉慶三年舉人

題雲林小寄圖

結廬在塵境蕭然仍閉關松竹有真性綠意相與還中有一拳石素志託邛山胡不舒健翮幽人心自閒嘯傲任所如俛仰愜素顏林泉蓁莽間取之誰其慳披圖見古初穆然世慮删愧無二頃田與君共躋攀

羊惜夔芝之圖

高山漠漠煙雲閒九光之草生其巔靈根蟠錯葉蟬聯服

之可以年永延羊憎有夔游神天搖擇不須來甘泉紫藤
赤籠光盈前大如車盤剔團圓何人寫此介壽筵對之使
我空垂涎我聞神芝紅於蓮光明洞澈如冰堅此幅髣髴
形神全不惟其似惟其然披圖想像窮雕鐫為之濡筆作
長篇何如博戲從游仙

越燕

社前春婀娜越燕舞風輕掠水楊花亂穿簾玉剪平安巢
真得地絮語最多情曾否將鶵樂喬林已囀鶯

歸來

桂嶺春仍暮蠻花爛漫開半年真遠客今日始歸來命侶看新竹呼奴爇翠苔倚闌浮大白落拓漫相猜

熊介兹太史見過不遇用杜工部范二員外見過元韻

放脚尋村酒更闌踏月歸故人聞暫憇蓬壁頓生輝倒屣吾生拙清貧過客稀明朝更來否松逕厰柴扉

和艮五弟落第感懷之作

孝友亦爲政斯言豈盡虛慰情欣有弟無用合脩書藥物秋來爇詩情日漸踈無聊對長晝蝴蝶上階除

舟次祁陽賦別寄齊

解袂當春暮鍾情卜夜闌祇愁明月盡莫惜酒杯寬離緒連雲寫楊枝帶醉看吳鄉兼話別無乃倍辛酸

惜別

一曲陽關繞畫梁桂橈蘭槳入淮楊離鸞淚染楓林赤別鴈聲驚落葉黃有夢但憑江上水稍書頻寄驛亭霜回頭攜手河橋客可抵同袍惹恨長

萍鄉道上却寄諸友

忽見年華逐水流側身旅次拂吳鈎三年風雪磨輪鐵萬

里江湖老客舟歧路幾曾殊鳥迹壯心毎欲折刀頭故人問我歸來日榆莢錢飛麥正秋

次寧齋留別原韻

湘南烟雨碧迷離攜手斯須悵路歧桂海珊瑚縈夢寐楚江蘭芷繫相思陽關有曲皆三疊驛使多情寄一枝顧我歸時春已老鳴鳩聲裏落花遲

傷春

藥罏經卷度春陽無事春陽不斷腸地下定多長樂窟人間何處返魂香紅牆銀漢情多少碧海蒼天路渺茫惆悵

釵鈿消息遠蘅蕪空鎖紫羅囊

悼亡

落葉滿階除空堂照明月獨撫無絃琴淒皇中夜絕
亦知長不返畢竟淚痕多腹疾秋霖日傷情奈爾何
弱女牽衣問阿娘在何許相對若忘言泣涕淋如雨
前期夢落花後日悲蟲織金鵲有餘輝猶疑照顏色

鏡

秦臺空照膽罷舞憶孤鸞一任芳塵撲何人對影看

琴

軫在金徒設鸞膠續已非克諧有眞趣奈此不成揮

扇

紈扇攢花製三年懷袖中是誰曾掩面抛棄歎秋風

燈

猶餘三寸燄曾照下幃羞夢醒人何在煎熬對汝愁

洞庭阻風

春來春水漲春隄風掩君山路欲迷兩日捲帆行不得鷓鴣聲亂洞庭西

荔支

瘴雨零時坼娠忙偶從官署見新粧香肌細骨知何似猶
憶當年十八娘

李超松

超松字貞伯臨桂人嘉慶三年舉人官遷江縣訓導
戊辰大挑余列一等當以知縣用請改教職自述一
首

士爲求官來只知得官喜伊余將拜官未入先自揣人各
有所能凡事當慎始我貌雖不遻我才乃多訾少小耽詞
章桄莋到經史寒氈倘可坐舊業許重理長與弟子員共

酌泮池水祿養雖不豐八口庶無餒茂宰古有賢奔世見風軌昔聞麗士元其才非百里又聞蔣公琰聲稱亦有此長材屈短馭無自見其美未許局促騶後口妄相擬矧余更駑劣引重困鞭箠置之凡馬羣或可發驅使窘競嘲我痴強半病我慈欲解徒費詞置辯亦可已大笑古有言依稀得其似非不愛熱官思之爛熱耳

還江訓導向無官署諸生爲余新構數椽

傍水依山小結茆好將斗室作書巢人因問字攜樽至門爲吟詩帶月敲峭壁四圍空翠合清渠一曲衆流交從今

有屋容高臥便腹何妨弟子嘲

黎君弼

君弼字槐門平南人建三子嘉慶三年舉人官隆安縣教諭

西安有感

西安戰馬曉風嘶八載民間厭鼓鼙侯爵已封關內外輿情未定陝東西蒼茫野戍添秋壘零落山村少夏畦寄語秦南諸部曲壺漿到處望雲霓

容易道

易道字午峰桂平人嘉慶三年舉人官興安縣訓導

清遠峽望飛來寺

飛來自何處雙峽束江流水繞禪關靜林沿曲徑幽樵歸
紅葉渡僧倚夕陽樓一棹煙波渺疎鐘到客舟

陽繼盧

繼盧臨桂人嘉慶五年舉人官福建羅源縣知縣

舟中漫興

江山儼圖畫濕染更鮮妍紅葉孤舟岸斜陽斷鴈天峰遥
青縐黛水遠碧接煙何處鳴蘭槳叢蘆好泊船

井陘道中

斗覺江城晩寒深暮靄聞泉聲鳴劍水峰影下銅山驛已排雲合天門擁雪關津梁當孔道塵外幾人還

客思

不作天邊客安知客思悲秋風又如此斑鬢幾多時葉落庭前樹霜殘籬畔枝無聊頻搦管多是遣愁詩

和胡秋岑都門贈別

月華光徹彩雲端話到樽前竟夕歡從古宦場如傀儡我生春夢在邯鄲長途每怯關山遠惜別多愁會合難他日

南天瞻北斗五雲高處是長安

西頂

步到山門近紫煙叢林高塹逼寥天樓臺積雪疑無徑鷄犬依雲半是仙松子落時聞野鶴鐘聲遠處聽流泉何時扶杖尋高隱借我蒲團靜坐禪

殘雪

一天瑞雪半消融洗靜殘妝色即空銀海暗隨春水綠瓊花埋怨夕陽紅遼城鶴去空山寂驢背人歸舊路通世事到頭原是幻人間何必問東風

虎邱絶句

萬人可散五人存一塚常昭烈士魂黃土流香東廠臭祗
今忠義重吳門

胡美夏

美夏字文大融縣人嘉慶五年舉人官永寧學正

曉過莫氏山莊

旭日浮丹嶂微風蕩薄暄溪迴聞吠犬林缺見孤村掃徑
苔留砌看花客到門殷勤款雞黍柘影護琴尊

秋日偕袁醴庭同年蔣岳麓學博游真仙巖

幾年燕市看山約今日南州載酒游與醴庭在都曾有游山之約遶寺踈鐘溪正午斷烟落葉樹皆秋客如嬌鶴雲邊下詩向丹崖石上留到此相看人不俗冷官況味亦風流

秋夜

平林低靄暮烟凝斜月欄杆取次憑千里蒼茫山色裏柴扉一點讀書燈

陽光鼎

光鼎字明之靈川人嘉慶五年副貢生有所如軒詩草

遊百子庵

古刹臨江築柴關倣水開雲深鐘未散沙白鳥初回徑曲溪流折樓寒山雨來遙聞仙梵落縹緲出香台

謝之英

之英字蓮峰臨桂人嘉慶六年舉人官融縣訓導

舟行望畫山

奇哉金芙蓉峭壁插江陡潑墨倚淋漓錯采亦紛糾借問造化翁誰妙丹青手翠屏與幽障點染復深黝朝將混烟雲暮欲燦星斗嶙峋費描摹谽谺細分剖雄筆映千春此

圖真不朽波涵殊瀇瀁坐望心怡久徘徊冷水灘去去猶
回首

遺典四首寄卿滋甫侍御

緇經坐闃閣相對影與形茫茫百感集舊袖舞中庭夜分
不能寐星月尙熒熒倚斗望京華天門亦未扃丈夫當報
國何用獨伶俜

雲龍無定姿倏忽更變化世事邈悠悠往來成代謝方驚
許史乘忽見金張罷榮枯咫尺間豈日難脫卻窮達理亦
齊浩歌莫悲咤

弱草靡勁風頹波逐狂瀾矯矯邦之彥傲骨凌峰巒心依砥柱立根向石林蟠騰身出汗漫奮翅集鵷鸞清標映北闕邈然不可干使我栖巖壑撫劍且長嘆

擁書萬卷坐不羨百城榮洗心一舒嘯天地爲之清忽焉感所思一室萬里情所思在何許乃在玉堂英手可扶元化身堪濟太平寄言勤補袞永留青史名

署後荒園半畝通縣署後圃蓮池時蓮花盛開鄭明府未暇賞也予賞翫無虛日因作數首竊繼愛蓮之志

東鄰何皇皇廣苑復深畋主人雖不至花發已盈池西鄰園半畝蕪穢不自治寒氈竟何事種豆落爲萁園林有畛域吾道可遷移偷光煩鑿壁賞花止過籬散步挹清馥誰復禁我爲

使君膺民社不暇理蘭橈名花苦幽獨我來慰寂寥花應向我語引我爲知交相與濯寒碧舉世仰清標但恐我塵俗品不如花高轉令花傲我遺我若蓬蒿

諸花在人間表異以香色香豔使人迷色妖令人惑此花香色好澹遠有儀則和露氣若蘭凌波淨如拭自爾由天

工何曾費雕刻我官今正閒復嬾弄文墨時時載酒來飲
之得温克
我如幕上燕花如水中仙偶然成賓主豈亦天假緣宿緣
會不淺乃有此留連製衣當淨秀集裳更芳妍舉世不知
貴騷人徒自憐昭質苟未虧吾與爾同然
牡丹宜春麗黃菊及秋開仕隱各有適蘧真君子哉邦有
道則仕無道則卷懷朱明當盛夏風露浩以開若俟露爲
霜伊人水一隈及玆得欣賞他時免溯洄
孰不欲富貴誰能甘隱淪牡丹宜衆愛菊鮮有聞寂寞

濂溪後愛蓮更無人想伊眞面目同此花精神日日對此花仙格謝凡塵此花卽茂叔可敬亦可親

登江上樓

江城霽色清如畫薄暮登臨興未窮捷疾鳥飛明鏡裏蒼茫人在戍樓中天邊落日留餘影海上孤帆沒遠空不辨齊州烟九點但將歌嘯託悲風

王時中

時中字居敬修仁人嘉慶六年舉人有醉花軒詩抄

讀史六首

治世有大道文武須兼資玉瓚載黃流得賢國可治處士倘虛聲出山乃無奇經綸貴責實何以空談爲杜預本書生平吳功何巍況公不學問乃能口占詩故知大豪傑左右無不宜

范公遇狄青教以讀春秋勉以爲名將勿與小勇儔同時張橫渠壯氣橫九州亦來謁范公范公何不留豈其以張子固非狄公流名教自可樂卒之比程周狄公與張子志同詣竟別一爲熊虎將一躋聖賢列非公能知人兩人皆埋滅卓哉范先生巨眼眞如月

尺蠖屈故伸龍蛇蟄故全震雷惟在地是以能升天在物則有之於人何不然拙者昧斯理用鋒輕試銛磽磽者易缺可惡亦可憐世事靜制動物理柔摧堅無恤惟忍辱趙宗乃綿綿智伯恃其才其亡也忽焉

太上以寬治其次猛爲先火烈故鮮死斯言固可傳然亦貴相時敷施乃無偏庾亮知用法物情遂渙然激起蘇峻輩岌岌不自全寬和以得衆茂宏信稱賢

成功在因時知時能應務自非大豪傑時事誰展布嗟彼殷浩儔徒爲虛名誤立名已非眞何乃處當路覆餗敗乃

事枉自取惶怖君子貴自知庸祿安吾素
阿蒙在吳下本居行伍中及其稍學問議論遂不同小儒
動佔畢授政何曾通開口引聖人究竟亦庸庸知時稱管
仲救時稱姚崇讀書惟神明斯有濟世功

朱庭楷

庭楷字小裴臨桂人嘉慶六年拔貢生官甘肅知縣

旅夢

旅夢依高林松聲響半壑山空杳無人風雨夜來作焚香
彈素琴藉以慰離索此心如太古不受塵網縛如何任遠

遊愜插軟紅鄉寒香宿夢醒茲身寄大漠秋聲萬騎鳴邊氣在鈴鐸

安化城上

兩崖夾山脊依山築爲城揭來登城頭四山如我迎綺塍開稜稜殘雪消瑩瑩東風扇暖氣土脈資深耕林鳩深樹啼晴雨變其聲應時雨來過宿麥漸抽萌炊烟出屋頭初日照軒楹鱗次萬人家衣食各有營生計自然足從無雀鼠爭放衙無一事憑眺怡我情

韓城懷古

燕丹昔刺秦惜哉劍不利子房亦擊秦惜哉椎小試深仇雖未雪要令彼心悸匹夫恃其勇何如用其智佐漢為忠韓風雲龍虎氣當其躡足時仍是納履意忍辱謀乃成負氣事鮮濟能從黄石遊自偕赤松逝千載范少伯鴻冥同一揆

春遊題王氏園林壁

纔過寒食東風軟海棠枝上春猶淺一雙蝴蝶覓花來隔花小吠金鈴犬天涯客子抱春愁酬春鎮日趁春遊懷人獨倚停雲閣買醉還登聽月樓年年踏遍金城路酒熟花

香春已暮昔時朋輩半零星壁上詩篇復塵霧雪泥鴻爪我重過對花不禁醉顏酡唾壺擊缺渾閒事買春無計奈春何明年我亦還山去獨秀峰前結茅住廿四風中荼筍香遙憶題詩舊遊處

八月十四夜月　讀東坡集感賦

玉蟾流影皎如雪寒光直瀉銀河潔庭樹無聲夜漏長愁人獨坐秋心結此時對月月初團隔巷笙簫復闐咽呼童滿酌金叵羅狂吟水調酬東坡玉宇高寒良可念丹楓渺渺將如何陽羨買田未歸去仇池如夢參岷峨古來大賢

猶落拓人生無地無蹉跎凉州酒甘州歌唾壺擊碎醉顏酡倚欄玩月舞婆娑不飲能無笑嫦娥

懷古

秦綱廢弛賊內訌四海鼎沸爭蛇龍項王怒目開重瞳鳴喑叱咤來江東八千弟子走相從掃除六合驅羣凶咸陽一炬阿房空嗚呼項王眞英雄漢王割據王漢中鴻鵠高舉毛羽豐韓信餓夫遭困窮子房孺子亦病瘧狡猾百計横相攻垓下鐵騎圍重重慷慨一曲歌未終蒼茫四野生悲風虞兮虞兮涕横縱願王歸策烏騅驟十年生聚守故

抄

封悏復寧必無寸功羞見父老語何憒斑孄碧血汚劍鋒
江聲嗚咽流洶洶嗚呼項王非英雄

柳浦驛舟中看江上諸山

落日歸帆風正美曲曲湘流清見底推篷把酒認鄉山山
山撲面迎遊子笑我遠遊二十年飄零琴劍還鄉里征衫
僕僕徒爾爲猿驚鶴怨已如此秋風秋雨北來舟丹楓黃
葉白蘋洲江上好峰青到眼上灘十步九迴頭篙工指點
柳浦驛計程明日是全州

西寧道中

不識湟中路勞勞暗記程氷溝危馬足荒店斷雞聲山積幾年雪天留半日晴狂歌聊自慰遊宦此長征

名馬

上駟徵房宿騰驤世所希空羣天骨在伏櫪壯心違日下原求駿塵中但舉肥不逢驍騎使誰破月氐圍

掩關

掩關無客至落葉似鋪茵饑雀啄窗紙凍蠅沾壁塵曉寒霜已凝秋老菊猶新對酒何辭醉金城憶遠人

寒食前五日登河樓作

風細紙鳶飛高樓酒力微旅愁羌笛破春信塞鴻違出窨韭初菹開河魚正肥天涯寒食近客子渾忘歸

四十初度述懷四首

四十無成漫自疑天生骨性自能知未教富貴都因拙酷愛詩書也近癡壯不如人徒老大貧原非病亦支離高歌飲罷金城酒秋色黃花已滿籬

憶到趨庭祖父遙傳經遺硯兩心勞兒時漫許駒千里壯歲何曾鳳九霄卌載光陰真似駛一官踪跡尚如匏焚黃薦幣他年事眼對西風淚欲拋

封鮓書來字字新翻憐隴首宦遊人邊寒眠食常宜愼官小聲名要認眞萬里那云能負米十年轉嘆作勞薪望雲遥祝春暉永猛省循陔負此身

勞勞宦轍走天涯玉鏡團圞忍久乖自笑封侯無骨相却憐將母累荆釵中年婚嫁心頭事别後音書塞上懷莫倚西樓咏楊柳白頭老景定相偕

瓦亭峽中

丹崖翠壁夾清流無數青山眼底收深綠濛濛一川雨鳥聲喚出瓦亭秋

抄

落花

到底萍蓬終有限憑他茵溷已無心蝶衣零落蜂鬚瘦各
抱春愁向緑陰

張其璉

其璉字煇山賓州人嘉慶六年拔貢生

白鶴觀 賓州

曲徑迴幽別有天爲尋蘭若思飄然雲封洞口曇花靜風
入松梢野鶴眠相對畫圖開遠嶂細聽琴筑咽寒泉此身
已到蓬瀛境閒掃苔花寫碧箋

陸禹勳

禹勳字舜臣隆安人嘉慶六年進士官刑部山西清吏司主事

奉酬馬錫亭師

絳帷睽隔幾光陰春雁傳書到上林緒論儼聞東魯鐸雅音重聽廣陵琴誰言玉有微瑕體畢竟雲無出岫心遙憶家鄉風味好教公薛荔淡纓簪

里社枌榆匝地陰堂開晝錦好園林千秋事業名山筆十載烟霞夜月琴曾試牛刀成善政不添蛇足遂初心飯生

低首紅塵裏升斗營營未拂簪

三管英靈集卷三十九

福州梁章鉅輯

朱鳳森

鳳森字韞山臨桂人嘉慶六年進士河南滑縣知縣加同知銜有韞山詩稿

那彥成韞山詩稿序云韞山以經濟才臨民有政惠愛在人且捍城有功多經戰伐其書卷與志氣是所素裕又更軍旅閱歷益殊偉故其詩英特越發詩不僅詩人亦不僅詩人予先識其人於戎馬之間今乃披其詩於閒窗靜几之際因識數語以諗詩人

退菴詩話云韞山才思敏捷千言立就平日有吏才官滑縣時值白蓮教反陷滑縣君倉卒防變動中機宜賊乘雲梯攻城弗能破事平晉秩有詩紀事復撰

守濬日記不僅以詩人目之也

嘉慶戊午北上

父母送我行謂我當遠離我隨僕夫去辭別水之涯一步一回眸涕零誰與知原上多悲風寒禽戀故枝疇辭途路遠疇調舟車緩音書況難寄故里何日返哀哀遊子淚灑向桑榆晚丁甯顧妻子爲我勸餐飯

遊盤山萬松寺西甘澗

諏吉赴燕郊遠陟盤山曲行行望烟樹層層薊門綠籃輿坐翠微峰巒曠遙矚始疑蘿逕仄排闥入晴旭盤旋山腹

裹襆罔聳蒼玉蘭若疇萬松芎藥香盈屋枕石西甘澗㦖
禱弄花竹山僧向我語一月游未足我來日已西遂借僧
房宿松陰薇浮圖花影襯林麓即此清夜景撲去塵萬斛
不如挂錫僧夜夜聽飛瀑

仿江文通雜詩

擬古別離

儆廬且居守無爲游子思游子多苦心裹哀執手時執手
一何極忍淚從此辭從此遠行役相見正遲遲山川去萬
里聊盡手中卮人生有離別天上浮雲馳浮雲無定所何

以定歸期願爲天上月萬里得相隨

李都尉從軍

我有一尊酒送君萬里遊邊城滿沙草牧馬悲淸秋去去一何遠願繫單于頸男兒天地間爲國當封侯封侯何足道義抒天子憂

班婕妤詠扇

團扇復團扇明明天上月置君懷抱間掌上驅炎熱秋來淒以風涼颸暗中發賤妾思舊恩月圓不忍缺吁嗟復吁嗟豈無來年節

魏文帝遊讌

君知吾喜否輦步芙蓉園嘉樹發清蔭鳴泉雜管絃管絃出素腕輕裾飄綺烟江南進美豔驚鴻翔我前家王定四海銅雀高雲間君子重保已何必望神仙況有七子才翰曁相流連及時可行樂爲詠華池篇

陳思王贈友

炎運有代謝衆星歸我王我王定鄴都有賴文武襄文昌聳雲漢至道鬱以光況我二三子藻翰風雲揚惻然念寒士引領情內傷譬如和氏璧甯久韞山藏在貴不忘賤在

富不忘貧常慕延陵子相與結交親

劉文學感遇

我質信頑鹵秋日清漳濱馳翰日已昃感慨念所親所親本儲后步趾慰沈淪飲我芙蓉池蒼蒼園木珍感此共戎事馳驅四牡頻何嘗定佳會明月照陽春要我情義篤贈君詩文新君侯足文雅黽勉竭吾貞

王侍中懷德

西京烽火逼投翰依荆州翩翩者鸞鵠率彼江漢流緜桐感人聽荆蠻非我儔所賴賢主人夾輔西京周掃蕩伊與

洛一望崤函秋嗟余三十載惟喜鄴中游魏巍冰井臺藹
藹皆王侯

嵇中散言志

曰余抗希古棲志太元支願與孫登游采藥山之岑散髮
巖岫間足底生寒雲嗈嗈鸞鳳姿淩厲空人拏素琴一以
鼓天際清風聞

阮步兵詠懷

明月照皐蘭鳴琴歎黃鵠北望青松岑爰發商聲曲天馬
從西來寒風振林木平生十四五高蔡相追逐徘徊望九

州日暮窮途哭

張司空離情

蘭室散青烟伏枕盼晨月佳人不成夢重衾冷如雪玉鏡理紅粧誰適爲容悅開匣網蛛絲凝坐蘭膏歇居歡人不知相思遠離別遠别難爲情相思正愁絕

潘黃門述哀

結髮爲夫妻相偕以終老何期中道乖竟使中饋天皇華朝命恭不敢顧家小初聞疾已瘳詎料命不保入室虛無人月照空房悄感慨出郭門墳上有青草兒女哭寒雲傳

我心如擣

陸平原羇宦

君子大筵仕輔導中宮闕承明弟與兄不敢忠吳越揚旌
膺寵命萬里勞明發夜聞鉦鼓聲不及華亭月日暮旋直
廬閣閣理綸綍崐山環谷水何日謝簪黻緇塵染素衣能
不羨初服

左記室詠史

弱冠覽穠直願爲天子使非慕連璽榮欲雪東吳恥峨峨
卿相尊飛宇紫宮裏鷦鷯巢一枝組紱浮雲駛當道薦奇

才夢想金張起聦懷張子房功名滿青史高步追赤松達
士心如此

張黃門苦雨

游心翰墨林霖雨伏泉湧秋日結繁雲涼風庭牖擁蜻蛚
吟寒花花上蜘蛛墜房櫳峭且深階下秋莖種書生樽俎
間自有折衝勇我皇信神武八極洽端拱譬掃陰霾開天
上紅輪捧

劉太尉傷亂

恭惟我皇晉運遘陽爻六天地本無心萬物盤其壽壽卉

滿音陽嶠識余心苦徵臣義憤激拔劍夜起舞舞罷復長吟長鳴騄驥心昔賢隆二伯千古貴賞音賞音思鬱陶竭心佐公朝吾衰不夢周白髮空蕭蕭

廬中臥感交

素性愧短弱靜退我所安纏綿舊女蘿苦被飛狐發譬彼大廈顛一木焉能彈譬彼崇臺戚所望非一幹知已同骨肉固盡綢繆歡申之以婚姻卹此形影單寇挫日已深中夜擢心肝咸池酬北里撫劍一長歎何當六翮舉使我隨鴻翰

郭宏農游仙

金膏燭炎峪豔草披冰湖東升大人堂西燕王母盧坐有馬師皇垂耳騰龍駒復遇稷邱君擁琴爲我娛賦詩相往來靡隔崐崘嵎笑彼蹄涔游何足知元都

孫廷尉雜述

天台聳神秀倒影窺南溟赤城曙霞起瀑布界空青俯仰入圖象往來宅仙靈我讀南華篇緣督以爲經鵬飛九萬里頤養三千齡凝思幽巖曲朗吟長川汀

許徵君自序

仙化可得聞不死旵可學步入白雲隈爲採長生藥細讀阮倉記含情獨綿邈甯子陵火烟亦將茹葩蕚嘯父别無窮仇生老巳卻古來神仙傳劉向尙餘畧惟余謝世氛會稽信可樂不獨富山水而復芳蘭若去矣躡丹霞至哉成正覺

殿東陽興矚

振璧無恬鱗驚飈動虛牝悟彼受質微信此力制緊水木正明琵巖岫自清逈曠野警秋氣大陸射飛隼首陽可餅粟揶衣甘遠引南矚銅山麓芳烈鑒九井姑孰感桓公築

此可遊騁元風倡高謝石壁緬勝景伊余君顯榮厚顏何以泯猥將菌脆標恐致松貞哂

謝僕射遊覽

攜手西池山作此丹陽歌信矣南榮趍無使空蹉跎翱翔出臺省怡然相與過揚鑣眺原野層巒明紫霞綺烟漾寒浦平林攢曲阿斜曛飛鳥度巖壑廠秋華搴蘭攬宿莽躑躅折喬柯所思在芳杜未見當奈何營營勞汝形庚桑歎其多

陶徵君田居

先人有薄畝苦耕亦不貧世於我何有澹蕩相與親晨晨理蕪穢倦坐棲吾眞薄涉以成趣愛此風光新倚杖望孤烟萬物得時春有酒樂情話駸駸撫松筠

謝臨川遊山

躡屐石門澗搴裳丹壁棲蔦蘿纏絕磴松籟吹環溪爐峰斂秋暝霍孏爽晴霓乃登最高頂迴眺白雲低嶂疊露深翠逕盤隱飛梯猶記去來路或恐花竹迷林麓夜猿噭沙渚征鴻啼凝思無悶理事類萬物睽至道寓潛見靈機貞端倪安身貴貞吉知化日升躋

顏特進侍宴

帝象明玉衡皇風煬海鏡輦賁輝彤廷航琛譯肅慎巡岳歌虞風省耕彰夏詠翠華臨蒜山龍顏侍仁聖雲幄鬱岑岡鑾音繞芳徑玉女獻霞卮仙靈擎松磬朏魄燦雙交巖泉聳虛聽洛宴萃簪裾鎬飲悅翔泳乘六播芳猷函三滋美政陟巘聽山呼舒虹想淵映今惟武穆光昔在文昭敬奏樂列承雲浮醴錫禧慶聖澤亘延紘陳詩愧明靚

謝法曹贈別

怊悵赤亭西遲遲阻風雪風雪會有晴含情不忍別三春

茂花竹一棹限吳越弭棹石尤風舉杯問明月明月在層漢舉杯不可邀棲遲富春渚南望浙江潮一別淚如雨灑向木蘭橈西陵分袂日況復値花朝花朝紅豔簇相伴錢塘宿脊脊蕭山岑去去雲間陸濯濯浦陽波悠悠上虞麓吳船欸乃聲遠望滿江竹江竹何離離道路懷所之欲踐西湖約未卜南樓期山桃下紅雪野蕨發華滋君欲還東山言歸暮春時暮春匆蹉跎江上多風波渟艫集餘霞鼓榧盼青柯辛勤寄洲渚寤寐思烟蘿烟蘿在何許惟有春山多

王徵君養疾

駿子無官情清詠歌義軒抱疴不能寐棲遲多寤言環佩留湘浦入我淸廬門詎必芝草秀常將爐鼎溫風起洞庭雪高蹈臥田園子桑鼓琴趣趨舉業晨昏非蝶亦非周栩栩何所怨金膏與水碧仙檗庶可論

袁太尉從駕

龍驤何翩翩鏘鏘華蓋間金根天子御輜轅皆英賢南郊多典禮拜秩惟祈年皇轔自肅震秉轡太僕權衆星拱北辰湛露被郊鄘后妃獻穜稑夔龍贊嘉言五輅鳴和鑾御

道直如弦三推耤田上終畝壇坫西叶仙縹軛野盧掃黛耜
甸師捐粢盛供廟祧行慶出甘泉躬稼以致孝月吉象魏
懸儀型孚萬國魚麗翠華前年登神降福庶物咸熙然

謝光祿郊游

微雲斂天末滄埜藹花陰石橫分曲曲逕側竅沈沈水鏡
昭紅葉皋禽響綠濤月流洞庭起露暖苔閣深紆軫託虛
籟氣霽見秋岑山椒散菊影江瀨流鴈音泉飛枕漱玉桐
練坐鏘金近理陽阿曲遠識房露心圓靈自高迴無使鬢
絲侵

鮑參軍戎行

長城萬餘里直逼天盡頭書生奮遠志投筆思封侯窮陰殺氣肅冰塞長河流將軍拔寨起沙雪馬啾啾壯士不惜身蟣蝨生兜鍪連宵烽火警接戰不能休使者下恩詔天子定廟謨破賊夜銜枚踊躍爭先籌磨劍血風腥搴旗毒霧收受降不忍坑得勝甯窮搜欲至策奇勛峨峨甲第修

休上人怨別

良夜託明月佳人安在哉惟聞蟪蛄聲遠自花間來濃纖見所夢撫心靜徘徊桂水不可越蘿幄誰為開芳意若可

接思之縈余懷

趵突泉

濟水洑流聲淙淙泉聲疑在青山峰間道波濤通海眼我來小飲紅螺毬仙宮碧樹鏁千門趵突騰空響石根隨風飄灑何處落絕似珍珠散秋壑珍珠泉在城內迴身忽作風雨聲一時聽滿歷山城酒盃如冰劍如雪步出仙宮看明月

送僧遊羅浮觀蝴蝶歌

我聞羅浮四百七十有二峰峰峰上插青芙蓉騎鶴仙人不可見飄飄蝴蝶游春風萬山吹落胭脂雪捉筆題詩倣

雲月飛錫猶聞五岳僧欲到羅浮看蝴蝶君不見洞天有九兮騰虹而揚霄翳羅浮之仙境兮峙海上而逍遙簾垂瀑布挂天半鐵橋一線通山腰噫吁嚱羅浮之蝶翼如箕尋香拂月飄簾衣誰謂此山風雨可望不可即忽合而忽離願與君兮乘風渡海往從之仙人夜吸百花露數百峰頭種松樹青鸞并憩珊瑚窩彩箋分擘羅浮賦

湖口望廬山瀑布

昔聽湖口吟蕩槳駕輕舟今日望廬山瀑布千尋浮譬如銀河瀉水值平地各自東西南北流斜光返照虹蜺似又

如仙人駕出雙龍游晴天雲樹耀人目忽聞風雨聲啾啾巖前虎嘯谷風起湖中魚躍波濤愁水簾高挂碧空半倒懸三峽奔黃牛彭蠡何如洞庭闊崐崘雪下噴長蚪魚龍出没可望不可卽但見天空水闊風颼颼廬山面目今日得萬峰高插天盡頭有此瀑泉灑河漢畫中作畫尤其尤高視乾坤嘯撫掌超然海市觀蜃樓君不見赤松羡門此地有靈宅鄱陽一望江西秋

登黃鶴樓

我攜玉笛瀛洲回黃鶴樓上吹落梅揮手綠雲招海月連

波倒蹴君山開洞庭縱橫八百里黃鶴歸飛白雲起秋風吹笛兩三聲碧流剪斷楚江水楚江水清且漣我欲左挹梅子真右攜葛勾漏徑騎黃鶴淩紫烟黃鶴一別三千年袖有青蛇樽有月長虹東倚劃吳天

瀟湘逢故人歌

酒酣耳熱歌復歌人生失意何其多鈷鉧堂前一泓水十年不見桃花起柳柳州來吾醉矣君不見男兒四海可爲家二八窈窕顏如花君不見男兒四海可遨遊英雄及壯當封侯衡岳蒼茫洞庭闊舉杯一飲寒鴉落月輪碾破秋

雲薄美人同坐木蘭舟看月隨波委去留長嘯一聲天地
秋

送史學博

官滿如花謝掉頭何所之冒寒肌起粟垂老鬢成絲隱几
橫青嶂看雲倒白蘺別離一尊酒爲賦折夓詩

旅店題壁二首

酒嘗新熟後春在翠微間白髮欺人老青山放我閒桃花
潭繚曲竹葉鳥綿蠻共說芳醅好鄰翁策杖還
幾梅三百樹花賞半開時空谷香難掩名園到已遲淺籠

平浦月貪放出牆枝乘此幽人興山陰一棹移

和紀曉嵐尚書秋海棠詩兼呈福芷泉都統

誰將妙筆點秋光花事閒吟綠野堂學士醉歸蘇易簡美
人春睡杜蘭香芳姿早已藏金屋綺語何緣鑄鐵腸一種
相思寄紅豆縈懷重憶碧雞坊

海棠八月殿春光春夢闌心心轉傷紫玉成烟虛夜月綠
珠含粉墜秋霜漢宮有寵猶垂淚息國無言祇斷腸何處
灌花求草本尚書新起玉山堂

阿嬌遮莫促歸裝翠袖娟娟倚繡牀碧玉裁成紈扇冷紅

冰滴入唾壺涼徹含秋露三分白獨抱芳心一點黃西府
元戎今夜月遥聞宮漏漏聲長
依依靑女門嬋娟閬苑瑤臺詎偶然生世有情都是佛居
家無事即爲仙憑誰按拍歌長恨此夜橫陳得小憐問道
相逢談往事愁入絶色有餘姸

守城八首 嘉慶癸酉九月初七日

屯兵獨上虎牙臺萬里風烟一劍開滑國已愁花片掃浚
郊驚見蠟丸來雄如馬武登陴早謀似臧宮請戰回海水
自飛雲自立籌機焉得出羣才

嗷嗷哀鴈影橫斜獨倚城樓望月華隔縣方騰獍駴磤截江猶恐餓民譁紫金山外聞風鶴白馬津前咽暮笳可奈滑臺城已陷劇憐紅染杜鵑花

九月黃巾滿綠林城頭赤幟列森森北門鎖鑰浮邱壯東枕雲濤衞水深紫霧瀰漫終日雨白蓮開謝一秋心萬金揮霍酬鄉勇敲遍危疆午夜砧

紛紛妖鳥噪黎陽窺覘伾山李密倉四野黃霾走砂石三秋碧血瑩刀鋩空餘通利新烽壘不見平川古戰場飛起暮雲過山烏青壇白祀一痕蒼

妖星閃閃敵樓愁畫角喧喧夜不眠劍倚芙蓉霜淬月城圍烽燧皎摩天千村狼狽愁雲慘幾處鯨鯢孽海填賊舉飛梯攻不已背城一戰血袍鮮

四圍鋒鏑寇訌時飄瞥妖氛信可悲百道愁添心上壘孤城危似劫間棋募來丁壯皆屠狗獵向叢深亦竄貍遠聽軍聲如折朽繼管忽到解圍師

射蛟一箭落潮頭剪剪金風透甲鞍滑鑠蕪城烏月冷賊堆荒骨陣雲愁龍驤猛將原無敵虎帳元戎獨運謀此夜軍中聞報捷醉敲金鐙凱歌遊

撼山容易撼軍難一掃欃槍碧落寒屢次攖危天聽達
飛章交薦　至尊歡嬰城漫說書生勇周二南明府贈詩有大勇出書生句
振廩惟求百姓安特晉頭銜是司馬佩紓金紫　聖恩寬
十月二十九日欽奉　上諭濬縣知縣朱鳳森經賊匪屢
次攻城該縣守禦完固並將城內奸細查挐以絕內應朱
鳳森着加　恩賞加同知銜
先換頂戴以示鼓勵欽此

希賢書院勸學詩

官居風物正清華訟簡庭閒放早衙五十功名看劍氣三
千文字學方家徐披雲漏來新月遙捧天香與眾花祇望
諸生耕鐵硯我從南畝課桑麻

年來此物慶豐盈婦子熙熙樂太平玉屑忽飛伍嶺麥珠
塵輕抹衡陽耕求傭早借青緗帙樂侉會嬰白虎城此日
落花芝蓋舉吏來鷄犬不聞驚
爲請東坡設講堂紅綾喫罷綰銅章六經以外無經濟拙
宦將詩當宦囊孝笥幾林爲我種廉泉一勺與君嘗他年
諸子居官日好采民風作典常

讀廬柟集

柟在綵繩中作蠛蠓集蠛蠓者醯雞也蓋以託跡兩大
若葉之於林盂之於海似蠛蠓者然山人謝榛擕柟詩

集游貴人間曰衲在而諸君不救尙哀湘耶賈爲乎吳
人陸光祖拯之

匡廬飛瀑昔同游紅藕香深玉簟秋卯酒不妨呼鬲縣奇
書誰許借荊州阿蒙吳下傳三異眇目山人畫一籌莫道
時淸才子貴爲憐李廣不封侯

陽會極

會極字星南靈川人嘉慶六年舉人官賀縣訓導

登岳陽樓望洞庭

無限瀟湘意遙登百尺樓我來經幾度此地足千秋出沒

魚龍迴沓茫雲樹浮乾坤歸眼底嘯傲小滄洲

曉發彰德

喚醒離人夢征車不肯停雞聲催落月馬首帶疎星銅雀春仍小章臺柳自青至今惟鄴水幽咽下寒汀

三管英靈集卷三十六

二

三管英靈集卷四十

福州梁章鉅輯

袁珏

珏字醴庭平南人嘉慶七年進士歷官平樂鎮安教授有今是軒詩草

退菴詩話云醴庭爲余會試同年僅於公宴筵中一面迄今三十餘年余來撫桂林則醴庭已歸道山久矣其喆嗣以五畝石山房文稿乞序始知其爲篤學能文淡然有得之士繼復讀其今是軒詩草則詩又在文之上楊紫卿僅賞其鎮安道中諸作余謂讀史雜咏尤健今並錄之足以存醴庭矣大抵五言勝於七言五律中如秋聲生牧笛瞑色上苔磯雲氣連村合溪聲到戶涼皆不失爲佳句惜未能悉登也

弩灘 桂平

怪石挺刀劍江流此結束蘊極不可收激蕩更奔逐石創四五寸見骨去其肉浪花高於人如珠散百斛徑路分毫釐須臾判歌哭聞說四時中最險夏五六頻年事行役往來歎僕僕深淺雖各殊一至一頻顣我欲有所言舟師戒以目

鎮安道中

問予行役期計月其數六浮家竟習慣風波不畏縮蹉隨孤鶩飛莫向落霞逐今朝卸帆席酬神覬受福地名奉議

州其人異言服芋店四五家湫隘不可宿避暑坐河干胡床蔭綠竹道逢陳秀才借我數間屋居停有主人舍舟始就陸歡娛入室處兒童索粱肉東鄰是何人但聞日夕哭哭聲一何哀飢寒語頻願不雨已半年米貴如珠玉舊穀早告空新穀今未熟我官非親民哀哉此煢獨

鎮爰距大河二百有餘里有客言熟遊形容如掌覗峰巒高插天林箐密如齒其上有白雲其下有流水雲深不見人水深沒至髀高高復下下一伏又一起伏無一里平起有千尺峙崎嶇復回互屈曲合邐迤當前有鄉夫繭足擅

絕技合家耕公田租稅不及是上供力役徵凶年餓不死
官來應負擔官去仍秉耜高會及子孫相安百年矣不記
官姓名傳是食肉鄙得錢入私橐成法棄如屣公田變私
田免符下一紙蚩蚩四鄉民奉之躍且喜譁言非官夫傭
值索倍徙官令聞其詳請早自料理
我囊空似洗聞言心踟躕託鉢事不可典質及圖書侵晨
召市儈爲我呼役夫役夫三五輩壯健肥身軀貿然入我
室醉氣何其麤自言值有例絲毫不能除官家倍其二錢
足方登途去留官自決今吾非故吾吾力今始貴吾田今

無秋租多錢自有錢多酒易沽沽酒錢不盡語終捋其鬚
歡顏與之語我今官師儒爲貧求薄祿離家千里餘况任
未受祿何不權有無請與凡民齒且莫嫌區區聞言各大
笑如鬼相揶揄官貴民乃賤貴賤相懸殊官何不自重乃
與吾儕俱吾儕例難破相邀去摴蒱
旅館無人問轉盼又十日米盡方深憂長征何日畢小人
欲得錢反與以口實拘束旣無權喚咻又寡術多與心不
甘久住計亦失奮飛旣不能耳中况室謫勉强招之來紛
然如蝟集旣集又陳詞官錢須即給大與夫四人五班合

二十其次稍殺之爲數亦二七一夫三十斤不入零星物
當眾謹權量計較及絲忽此間三人肩內地一人力到日
須酒錢此數聽官出我僕有怒容眾夫袖手立推錢欲辭
去閔言力不及勸僕且莫言如奉將軍律
雞鳴備長炊舉室盡起早如同打包僧檢點時草草知我
餐未畢催促即就道四顧羣役夫大半是衰老健者三五
輩蹤跡如去鳥役夫爲余言若輩本免役公田去其籍家
室足禾稻竄名役夫長察値肆紛擾飲泣復吞聲拙者役
於巧今年米價貴十日不一飽但得爲輿夫已免妻孥惱

蒼瘦身上集衣敝髮蓬葆使我心曲愁憐爾色枯槁
行行未五里山雨翠欲滴濃雲生樹間頃刻山光白雨師
怒何爲洶沸肆噴激山多澗谷少平地漲一尺我輿行如
舟水面任騰擲瀰漫失故道遑敢問安宅兇怖攬襟喻進
退嘆如棘忽來採樵人鵠面可憐色覥我囊中饋導我小
徑闊紆迴上高山山上無人跡溪流稍平衍一灣蒼翠匝
厲揭濟亂流林深四面黑同行七有輿前後不可覿危坐
忘傾頹性命易足惜忽聞犬吠聲云是山口驛
行行至山邊隱徑從此入輿夫忽不前命我行拾級我本

喜遊山游屐每自蠟不雨任閒行有路可踐踏如何此山中峭壁束巖峽迷茫歎仄中一線路險狹碎石利如牙大石勢欲壓風雨況不止使我衣履溼靦顏向輿夫借我一篷笠戴笠鼓力登樹枝手引接蒼苔滑如油目不暇交睫輿夫亦憐我扶持使高躡一人挽前股一人推後胛喘息心搖搖雲氣足下合我已到山頭我學輿髮髮反側任掀播羅帶作維縶可憐小兒女保抱但呱泣心傷此艱危勉爲輿夫揖小心防傾危衆力幸充給瞻前復顧後一輿手當卌上山復下山下山用前法一婢太憨生赤腳誇步屧

徒行未十步陷濘汚紫褶一婢癡而嬌輿內口喋喋胡爲
乎泥中詩語熟吐頰我聞方呵禁都已落原隰出險神未
恬慰勞心頗愜輿夫復有言前行宜逼急此山比前山此
一彼乃十

自我舍舟行日已二十五我勞云如何飽歷征途苦亂山
出木杪巖城轉林塢但言是村墟已到鎮安府城小如彈
丸炊煙起數縷官冷無人迎蕭然等賃廡荒齋三兩楹舊
官尙是主舍館書院中半畝翳環堵破窗曲薪支欹戶斷
石拄無米復無鹽借鍋並借鬴門役有三人一聾與一瞽

一頗具衣帶隨我參衙鼓歸來謀夕飧誰與備雞黍粗糲我能甘菜根美可茹作官三十年此境誰與語事業百無成公私兩何補作詩寫我心所嗟在屺岵

連日得雨晴後郊行

晚晴逗殘照牧童驅犢歸閒行隴畝上涼風吹我衣苗秀興勃然懷新令其時植杖遇田父歡笑多言詞願言荷帝力雨暘不愆期秋稼卜如雲今年無苦饑行行未言畢村龎吠深籬積水照人影新月生蛾眉

讀史雜詠十二首

老子

道德五千言或云古有是孔子曰猶龍達人爲道耳青牛出函關谷神久已死多事笑唐人元元皇帝祀

蘇秦

黑貂裘已敝刻意事揣摩功成相六國位高金復多恭倨前後殊妻嫂意欲何無田能佩印仕宦生風波不見力田者仰天發高歌

信陵君

養士四公子信陵居其首富貴不驕人入市訪屠狗盜符

殺晉鄙涕泣自引咎若非出至誠貌飾豈能久身退先知機不至墮讒口末路更風流日夜飲醇酒

淮陰侯

淮陰天下士生死婦人手逐鹿向中原一身決勝負若用蒯通言三分勢自有時乎已再失傷心到弓狗旣列絳灌伍乃附鉅鹿守推食恩可忘一飯報何厚名高人必傾才大怨之藪躡足附耳時禍胎蓄已久將兵多益善公亦自多口

曹大家

女子守閨閣知書世所尚獨欽曹惠姬文章勝男子名門有二難文武乃媲美上書救其生操筆續其史令弟馬季長淵源溯自始再傳師派眞尙有知詩婢

王景略

捫蝨談自雄桓溫竟不識若非吕婆樓符堅豈易得士生貧賤中置身總乏術不肯同渡江世事料已竆跋扈難同朝低頭憂更逼君臣魚水歡未必見晉室士爲知己用解衣與推食

馬賓王

鳶肩火色人騰上理必速一斗八升酒郵亭酌可獨豪情翥層雲豈徒忍恥辱行年四十過事業越流俗古今多才人窮老甘雌伏豈真論功名相奇乃食肉

李藥師

丈夫貴樹立不作章句儒布衣困貧賤乃上西嶽書風雲忽際會電埽六合除恂恂立廊廟謙退守其虛辭疾謝親故深識免憂虞不見四時序功成身不居保身屬明哲智極方能愚

李太白

駿馬挟名姬金樽酌美酒天之福詩人豪情克消受若使居翰林日在帝左右鼓鼙動地至談笑能靖否才高數自奇身窮詩不朽至今仰光芒豈徒絶覆瓿

韓昌黎

公詩硬語盤公遇坎軻久公文如江潮公名如山斗韓瘁住不死佛骨早已朽三上宰相書晚年頗悔否貧賤乃固人賢者亦常有

包孝肅

天生性峭直一笑河清比為善後必昌公老乃無子閻羅

包老稱關節不到耳流俗變怪誣讕言從此起事不在人情厚誣譽資毀鬼神違難知忠恕近可恃公若果神奇公子可無死

文文山

水賸山復殘先生始受命一旅烏合師亦知不制勝成敗非所論忠孝本天性不死留餘生艱虞節逾勁歎彼留夢炎慮禍識何定同是宋狀元薰蕕判忠佞

曝書

我少好讀書家貧不易得有時學瓻借鈔寫費筆墨宦游

忍饑寒採購歷塵笈會心事編纂不遑自暇逸上下千百
年網羅在一室世途攖我心久曠肄業及漸垂夷高閣空
飽蠹魚食發編與斷簡相對長太息鱗次徧庭除曝之以
秋日什襲留兒孫有願恐未必古來藏書家半是烟雲迹
物聚久必散斯理我早識

閱近人詩集漫作

士生三代後患在不好名好名亦有道所貴必專精好名
亦多術太上研五經餘功及子史南面擁百城胸中有千
古腹內多甲兵其次習一藝藝成名不輕如何今之人專

眈吟咏情作詩大易事巴詞亦可聽作詩大難事妙語由心生讀書復養氣氣平心自平因之涉物趣洋溢來縱橫正聲在天地何爲不平鳴聲希味更淡體格亦所爭於此苟未備守口當如瓶我亦竭心目半生空營營不如焚棄盡撒手任游行執御爲人僕吾將問前程前程不可計不如醉未醒

夏敘二子學書作詩示之

我書學無成廿載不精進辛苦費臨摹眠食在筆陣周旋非所習心手不相應有如初學騎緩行怯輕迅左右之爰

帖神莊貌不定無補費精神硯墨滌已淨兒曹强解事游藝適其性朝夕勤臨池紙筆兩輝映唱隨有弟兄鴈行列季孟弟臨松雪翁兄仿率更令我時從旁觀老子復發興偶書兩三行如續鳧鶴脛鳳閣柳公權筆正心自正所以為心畫氣浮必剽輕巧從熟中生心與力相稱精之益求精超凡自入聖吾非韋仲將不作戒書命但恐如魯公書成米已罄

記園中草木十一首用坡公韻

閒園集花卉亦如聚羣彥榮落不相同物態亦善變草木

雖無情培養心不倦方春開花時掩映伴書卷末利與素馨夜靜清風婉偶爾作微吟焚香默消遣掃除煩園丁勿使野草蔓東邊徑未荒蘭菊方滿畹蘭秀望春華菊芳待秋晚

十年計樹木種竹易成林一年已出牆瀟灑洵可矜古榕陰廣畝樑棟力不任不如梨花月溶溶滌煩襟窗外三兩枝天然白玉簪芙蓉頗照眼拒霜紅淺深材質別高下後先相代興人生亦如此有能有不能

眾卉如後生松柏如大老如何典型前獨笑春風倒植物

質雖微此理可意造蒼翠何森然見樸不貴巧造物亦何
心一一判豐耗傾培必因材消息豈草草
我性愛梅花孤芳能自拔編籬護其旁楊柳左右插楊柳
殊易生數日見萌櫱對花如交友淡雅可君約今年雪意
饒衝寒放潑潑連宵風雨來但恐花搖落
種荷清淺水新生雜菰蒲停橈采蓮子點點數花鬚及時
當摘取勿待根葉枯卽此事已足何須覓鏡湖藕應如臂
大劚取莫辭劬華實兩有濟吾今安所圖
惜花是何心春日起常早歲月何其徂春去秋又老秋雨

偶愆期藥苗半枯槁朝來占雨晴喜見雲如阜能免饑饉
憂許我遺經抱富貴亦何爲吾髮近漸縞
秋木交美蔭蔭我讀書廳旁生蒼耳子糾結不受釘夜涼
月色淡清光幕中庭犬吠客誤入我迎行跲蹶四壁蟲聲
起一庭花影青劇談忘夜午寒風吹冷冷
門巷少人跡吾家居阮南憂樂事無已茶苦同薺甘名花
與菜把雨露無私涵朝夕恣采摘青翠盈筐籃菜色人所
鄙此味吾能堪菜根咬已慣素餐當無慚
我歸已四載安居不出遊豈不愛遠適難忘林塘幽流水

村外繞屈曲如懸溝出灌懶抱甕桔槹閒自抽挹注本無竭其下如蟠蚪但恐是機事吾心日以偷

涉趣日來往嵐光近入目時見白雲生搖曳在山麓雲氣戀山輝遮莫韞良玉亭亭冬青樹歲暮葉愈綠旁人不我知謂我止愛菊渺渺愁余懷浩歌學擊筑有兒解彈琴和我歌一曲

我讀羣芳譜花名多不知古今彊牽合謬誤深可悲碎花與細草延緣水之湄耳目所習見采藍五日期形似可相假苢窮呼江蘺若非有旨蓄何以慰予饑

哭周湘帆秀才

旅館何蕭條秋風蕭瑟瑟入門問起居已抱沈痾疾攣幃坐床前癯瘦失嘗日瞠目兩相視雙淚縱橫溢執手如有言氣促不能出隨行一小童危懼作寒慄搔首步空庭時爲七月七知汝小兒女歡娛正繞室爲汝書數行臨江寄水驛

鄉信渺未來玉樓召已速一死無所歸掩袖吞聲哭市棺往城南出門步反縮檢點舊衣冠如禮具薰沐詩書乏長物慘目復慘目而視不可含哀哉此煢獨床頭二桂樽封

題字五六辭曰將餽贐撫摩不忍讀昨夜夢余第第雲莊先年没與君共征逐隱約笑語中昏風撲茅屋瞿然孤夢醒寒壁炯殘燭

李衡如刺史同年見訪

停車來佮署薄雨送微涼自覺閒情適君知靜趣長林開龍眼熟花落鳥啼香熱客非吾輩萘瓜或可忘

夜坐懷胡雲浦孝廉

林園秋信至閒坐數螢光四壁蟲聲歇三更月影涼伊人今不見永夕思難忘便欲乘舟去相從水一方

留别黎笙齋秀才

臨歧無一語抗手復同行今與故人别又看春草生青雲不可到白髮難爲情兩地相思意愁聞出谷鶯

過廢林

尋幽何處去古寺北山陲石徑無行迹庭花半落時浮雲依斷檻蒼蘚護殘碑徙倚歸來晚林間叫晝禽

飲社酒薄醉是夜有雨微涼

泥飲逢田父秋來又賽神未能除俗累已慣作鄉人薄雨留雲影涼風上酒痕睡鄉今夜到安穩苦吟身

哭中丞錢裴山夫子

靈淑山川聚名賢應運生飢寒忘富貴辛苦得功名視學粤西時檄文云為諸生者十二年困場屋者十八載愛士心常切衡文法最精春風來嶺表愛敬洽羣情

何意騎箕去冰淵戒慎時家中惟有母身後更無兒愛日人皆惜清風主自知天光臺上拜遺表最堪悲

哭大學士紀曉嵐夫子

名由人事福由天仕宦尊榮六十年自有心情同鐵石不

妨笑語作神仙人知姓氏同君實

帝調文章過史遷珠玉唾餘爭拾取藝林佳話至今傳

拜辭絳帳返家鄉記得披襟語不忘十載重來非惝怳八

旬已過漫迴翔大星驚看天邊墜異鳥爭傳冢上翔自愧

羊曇徒有淚西川未過早汪洋

梅花用高青邱韻四首

入世同心有水仙歲寒一笑結因緣簾垂深巷尋行迹路

繞荒祠破曉煙翠帳煖風回夢後空山明月記身前品題

莫漫嫌孤絕高臥人間別有天

淨綠微波古渡頭新晴艾納倩誰收䑛斜影散依茆屋雲壓香低上釣舟臨水自憐人並瘦訴寒應與笛成愁沿溪多少隸枝在屐齒重逢認舊遊

不是霜痕是月痕幽尋竟日較寒温驢鞍挂處飛殘雪鶴步迴時過別村放出高枝難入手生成香縷可招魂歸來未覺銀缸冷聽到鐘聲倚倚門

芒鞋踏凍自依依嫩日微烘映素輝乍見已隨殘月去多愁常共曉雲飛芳心放後春猶淺徹骨清來蜨亦稀無限飄零誰可比十年久客倦遊歸

鸚鵡洲

懷中名紙本無求不信因緣占此洲玩世何須工怒罵能文直欲壓曹劉斷碑寂寂人多感芳草凄凄水自流堪笑多才楊德祖一生辛苦枉低頭

滕王閣

簾捲西山入檻前江湖襟帶望無邊悠悠波浪隨孤鶩渺渺帆檣接遠烟不見仙人來舊館依然秋水極長天諸君莫笑當時體千古才名豈易傳

舟過槎江尋秦淮海遺蹟

一夢藤陰事已非海棠橋畔雨霏霏江頭正值春來早寂寂帆檣燕子飛

為尋名蹟起閒愁柳暗鶯啼古渡頭薄宦天涯憔悴客不堪風雨一停舟

三管英靈集卷四十一

福州梁章鉅輯

李嘉祐

嘉祐字琪園臨桂人嘉慶七年進士官四川大邑縣知縣

華陰廟

古廟凌天表門當華嶽開樓臺空際矗松柏古時栽嵐氣蒸靈雨河聲走怒雷客堂當薄暮恐有宿龍回

浯溪

落日尋幽徑山深五月寒草亭巖表出絡樹鏡中看曲岸
維舟穩殘碑剔字難無人同眺望一鳥下雲端

重陽後十日見菊花

隱士歸來何太遲東籬纔見兩三枝淡交意在忘言處久
別情深覿面時澆爾幽香雖有酒寫伊傲骨竟無詩陶公
底事拋官去爲愛秋容絕世姿

卿祖培

祖培字敦甫又字滋圃灌陽人嘉慶七年進士官太
常寺少卿

探梅

檐前索笑句誰題且踏瓊瑤傍小溪一夜春光開處早前村雲色望來迷竹籬便覺蹤堪問藜杖何妨手自攜不獨清香無俗韻會看結實徧東西

唐花

花發唐家有化工寒凝偏合受東風只疑洞裏春先到誰識窗前雪未融此地纖埃飛不到誰家剪綵巧難同好將梅蕊參消息九九寒消圖畫中

覃學海

學海字嵩孩象州人嘉慶七年進士官河南沈邱縣
知縣

赴都門留別陳最峰

沙磧黃雲斷孤城白日寒故人從此別後會預知難歲暮
羈千里天涯戀一官青雲曾結伴各抱寸心丹

易鳳庭

鳳庭字梧岡靈川人嘉慶七年進士官浙江海寧州
知州

南陽道上望臥龍岡諸葛忠武祠

當日先生高卧時南陽城外見專祠吟成梁甫心原壯事去祁山運可知隴畔草餘就荒徑岡頭樹折半欹棱我來細訪躬耕處悵望雲山萬古思

趙城縣豫讓橋

感深知己本人情一死爭傳國士名唯有潺湲橋畔水至今嗚咽弔中行

胡朝瑺

朝瑺字大文平南人嘉慶七年進士官桂林府教授

夜泊藤縣登浮金亭有懷蘇公

山川終古秀蘇子昔曾遊感慨成陳迹登臨動旅愁鷗心
波外迴鴻爪雪餘留忽聽漁歌發徵吟且泊舟

田毓芝

毓芝字玉生臨桂人嘉慶九年舉人官柳城縣訓導

秋草

露浥平原綠尚蕃天涯何處覓王孫高樓過雁分寒色芳
徑尋春憶舊痕寫怨正供名士賦含悽定有美人魂迷離
一望腸堪斷風雨淒淒合閉門

高仁山

仁山字麟岡懷集人嘉慶九年舉人官平樂府教授

暑夜聞蟬

暑氣南中滿青山半夜蟬隨風聞斷續隔水聽纏綿似有鳴秋意何妨飲露先納涼消夏熱物我本同然

雨中晚景

雲宿青山依古樹水歸綠澗下危峯隔林雨足人烟起愛殺清風送晚鐘

何形然

形然字詔甫平樂人恩子嘉慶十年進士官至內閣

學士禮部侍郎

題李園

清福能消受徜徉水石間探幽攜竹杖作畫契荊關舊雨來相訪飛雲去不還莫嫌五嶺外妙手欲移山

劉棻

字香士嘉慶十二年舉人有愛竹山房詩文集

讀漢晉史紀偶述

龍門持手裁李膺推獨峻名流爭赴之廚顧與及俊娓娓助清談揮麈咸傾聽達觀隨荷鍤闊疎任墮甑二代遞相

引黨錮爲儒病矯激失其中放達乖於正大道宜折衷標榜成爭競至哉洙泗言矜羣示大順讀書自鑒古寸心相黙印

夢雲樵

我自念君深君忽坐我側共叙平生讙羈縻那可得何來膈膊鳴紅輪射窗黒故人杳不見千里判南北眷言遠游子所慮栖枝爪牀頭有黃金壯士增顏色

人閲世

鑄人歸大冶分形始異派或有真君存枝與葉是戒或爲

麒麐楦皮與毛安在卓哉漢陰叟玩物凛機械手易作翻覆遐心指厥態歧途又有歧實自阻兩界蓧此主人翁淡定宇常泰鶴鳴叶子和應以千里內白衣變蒼狗一笠浮雲外

消閑六詠

問月

自我墮塵世瑤台何處逢見月如見我聊叩白雲蹤雲中飛仙人粲然冰雪容相對只一笑天風吹芙蓉

觀魚

閒作池上游便結池中契魚來口噞喁魚去尾搖曳波光弄雲影飛鳥共眞諦樂哉濠濮心予欲問莊惠

掃花

一鳥啼春山花飛滿林屋幽人寂不語擁箒憐芳馥不礙香塵起但覺紅雲飄雲散現苔斑空庭萋以綠

倚石

煮石非所歡潄石亦不快對此碧玲瓏相依擬其介一靜兩忘言三生契禪界有時妙悟來更下南宮拜

對酒

我愛畢吏部盃擊左右手豈必皆樂地此字不離口尊中
聊云云身外悉否否誰能稱謫仙高吟將進酒

抱琴

詩中愛陶潛琴中愛賀若愛之不釋手形神兩相託譬如
碧玉來迴身就綽約又如親黃農古致自落落

游景風閣懷古三章 小序

閣在疊綵山側當事所建爲消暑計予來游於此竊有
感焉作懷古詩三章其人不必出於其地而隨事攝記
倘亦孟堅所云攄懷舊之蓄念發思古之幽情者乎

我懷謝太傅風流重江左屐齒遍名山相隨妓婀娜圍棋
賭墅聘賓從自雜坐絲竹寓陶寫中年好亦頗淑哉淝水
兵談笑揮貼妥處已掩遠志蒼生任敢荷堂堂宰相才合
名久不暄

我懷羊叔子緩帶如神仙風清鈴閣下游興升雲烟抗言
談宇宙寄思唯昔賢江山自千古賢達誰爲傳豈意屬公
望荆襄名不鐫至今一片石巍然峴山巔

我懷蘇文忠出守來錢唐湖名比西子美酒思餘杭嘯傲
湖山外樂哉游未央詩境法華轉名心淨空王纖流時贈

答道侶相頡頏邦人德自化有美堪名堂蘇隄種陽柳人今思甘棠

七月既望袁凱侯移尊過小齋賞月

明星夜耿耿下臨萬戶動停琴靜延月興發不可遏忽來袁彥伯酒甌復自捧羅列敞前軒招月放眼孔須臾衆山秋月華爛如漏疑是眞嶠山冰蠶脫玉蛹又疑水精毬掛上瓊枝垂有月並有酒談笑各賈勇長空鶴唳清戛然翅高聳夜深客漸去天愈開鴻洞愛茲石上眠倚醉將月擁

夏日雨後

庭前發逸響鳴泉作玉漱黃梅欲初熟寒燠半昏晝空際插奇峰無心倏歸岫鄰家種修竹覆牆若垂袖我安里巷居謾云補天漏雨歇一開窗野色爛如繡

夏日新晴漫興

白雲墮簷際天高試引領鳥語靜風聲庭木搖窗影平疇有良苗含翠初脫穎池塘無跳珠游魚自唼荇動後物意恬撫懷消日永牀頭展道書吾欲安吾靜

日午苦饑調蔬菜充饍便得一飽

北窗偶卧起饑腸若轉軸奚僮大解意盤中列野蔌淡處

味愈好不須旨可醬慰懷艮非難人境貴知足膏粱亦信美未容擾吾腹

夜泊聞灘聲

灘頭水聲似人語又似恩怨相爾汝夜靜蕭然疑聽雨推篷月色明如許曉促開船帆乍舉迴首灘前烟縷縷

洞庭舟中玩月 五平五仄體

長湖堆洪濤盡化白雪白銀潢懸晶毬雨界徹一色樓頭仙風迸鐵笛不可得青天無雲生曠望渺七澤星垂歌江流入拖仰兔魄

髀肉生

燕頷虎頭飛而食肉走萬里在健足尻亦不必化為輪馬亦無須行以神昂藏身畀侏儒飽方寸時有奇氣生胡為瘦瘤賤若贅徒與壘塊空填膺使君慨然興太息此龍種撫髀而歎含英風在旁馬嘯拳毛動

荒雞舞

兩翼作雄飛啞爾燕與雀一鳴天下白此聲殊不惡噫吁嘻雞之生也能與處宗窗下作元談又能吐綬如青鸞文采羽毛足自舞驚人起坐發長歎茅屋中宵看雲漢長夜

漫漫頻待旦安得海上天雞鳴曉籌去聽雞人喚

柳侯碑 并序

碑徑五寸餘廣尺許四周多落角文磨滅幾不可辨予過羅池廟訪遺址葢子厚所書劍銘也其詞曰龍城柳神所守驅厲鬼出匕首福四民制九醜人或言擕其拓本過洞庭可無波濤之險亦頗驗

劍如燃犀照水萬怪伏銘如倉史造字鬼夜哭人抱奇氣自劍吐瘴雨蠻烟盡驅逐元和十載請易播文采不藏竄南服未揮巨刃摩天揚反困龍城供簿錄今歷六千七十

二甲子斷碣飄零纂高躅爐餘刼火費追尋緗蝕苔花琊堪讀釵痕屋漏雜疑似雀籙雞碑紛斷續來闘榛莽攷故址黃蕉丹荔餘清馥人與神劍已化去題名千古耀窮谷銘劍一十有八字銘心一語四民福呵護有靈靖罔兩波淚不驚感神速相對古碑者對劍咫尺光芒怵心目

驟寒

欲瞑不瞑愁雲屯欲落不落沙霾吞雨師風伯隨追犇神鴉踞嘯靄旗翻騰六晃瀰盈乾坤屋角凍鴉足忽蹲梅花老樹依黃昏含苞未發如斷魂銷金帳裏光景渾非昔今

目殊寒暄山人抱膝獨無言默思冷暖消息存陰陽代嬗旋天根温肅倚伏開帝閽天雞夜半鳴崑崙金烏轉眼明朝暾野老茆簷笑語温吾將獻日朝金門

分龍雨歌

龍噓氣成雲出山作霖雨胡恃沾濡涓滴功入夏艮苗判疆土有時前峰晦後峰明有時高原陰阜隰晴咫尺繡壤本交錯雨腳界限分渭涇恍如命官以龍紀飛龍升龍潛龍氏蒼赤白黑中色黄均隸厥位分而理鴻荒之天立柱撐蠻觸之地一角爭芸生萬萬異徃古閭澤衍溢宜平均

九霄欲草綠章奏下遣龍師仁廣覆四方同此望歲心物失所養職汝瘝風伯前導旌旆揚雨師左右日贊襄指揮祇在龍點首和氣無難浹四旁龍有分司雖莫假區區疆界何爲者獨不見泰山頂上觸石生一雨崇朝遍天下

宋皇祐平蠻碑歌

道州大唐中興頌曷若勳臣冠姚宋石介慶歷聖德詩孰與戰功垂鼎彝韓碑濡染推大筆雅章鐃歌槪無匹磨崖載攷擘窠書褒鄂英風臌底出皇祐天威懾遠陬蚩尤一星墮南州梟巤險阻恃虎踞邕江黒夜鳴鵂鶹梁公之奇

來衛霍得請釜中魚盡活當年合策孫與余元夕張燈鬬巳奪噫吁嘻壯哉天山三箭凱歌還孟堅銘勒燕然山將軍行軍有神助大樹先聲壓百蠻吉甫功歌六月篇南征方叔紀新田壁立炎荒雄保障名並伏波銅柱傳

下壩

風雨欲來豹欲吼波濤傾瀉石如走江聲洶涌江勢危篙師舉棹不停手怒號漸遠浪打船船上詩人耽晝眠披衣起對江前景空羣撲人思悄然

歸鳳曲和作

桃李容華松柏節月再團圓不終缺能令美人名士動俠腸能令義夫節婦同歡悅有女生長溢水陽名在高梧如鳳凰折羽鳳隨鸚鵡隊天壤乃遇此王郎郎君昔走風塵道暫借青氈慰幽討詩中唱到蘼蕪詞小星遂把衾裯抱妾心自矢爲羅敷願郎休作魯秋胡二十五絃調錦瑟解意能參浩浩乎半年夫壻殷勤侍晨昏丰度分明記聞道長安正選官策馬看花君別去雲泥從此音杳然脈脈寸心懸兩地紅粧淨洗無鉛華奪其志者爲阿翁欲遣文姬重遠嫁無端幽怨泣琵琶訟庭牙角腸籍剖兒家鄉比章

臺柳從一而終今豈無之死靡他昔已有風流刺史明鏡
懸問言大賛斯女賢不必尋根是芝草不必探源是醴泉
前因代譜婁羅歷舊恨教償兜率天天邊尚有藍橋路何
況斯人無覓處扶持嬌鳥出樊籠準許銀河還再渡一檄
文書到嶺南始知郎貴出塵寰花封早晚聽官鼓徃日深
恩若等閒有情詎肯無情誤奈此迢遙萬里山萬里明駝
怨長嘯馱轉木蘭年正少舊織迴文信有徵更番重合應
相笑君不見香山居士燕子詩五湖返櫂詠西施春風不
向沙吒利折取芳條慰別離頃刻天涯聯咫尺花上金鈴

加護惜有夫不豔一黃金無玷方完雙白璧心事光明對素娥新人迴首舊如何渡頭子敬迎桃葉海上朝雲伴老坡為君別續鴛鴦牒特地新翻子夜歌

懷陽雲樵同年三十韻

作客他鄉日天涯水拍隄王孫芳草遠古道綠楊低舊雨襟懷切停雲望眼迷蓬門依粵嶠蓮幕想關西之子今行矣當年憶卯兮相逢呼小友一見識端倪寄意膠投漆斯人阮與嵇雄材堪射虎妙語助談雞叨詠霓裳句同登月殿梯甑生偏冤守鷁退伴烏棲雷未燒龍尾風猶滯馬蹄

涯書羞白腹耕硯愧青藜祗有點婁樂都無仲氏犁當前誰欲盼身外不須題鄢料稱鷹隼依然困駃騠看花空幾度伏櫪惹長嘶男子餞驅走江河襆被擕壯游來魏晉名士半燕齊豪放原眞率深潛要靜稽休云傲嚴武孰爲薦昌黎勞訊頻占鯉離思懶聽鸝屋梁窺月色木葉滿山蹊託迹鴻餘爪興懷燕落泥遐方愁不寐近事更含悽搔首情難告憑闌景轉凄春寒纖笋折夜冷杜鵑啼欣共拋塵慮相將掃舊畦四愁聊擺脫二女惜分睽別調縈飛絮詩篇寄小奚何時戴安道返櫂子猷溪

地遠

地遠稀人迹茅齋鎮日扃草餘三徑碧山送四時青名剎花開落升沈酒醉醒年來隨分足生意問園丁

秋夜微雨後口占

河漢露微白蕭疎雨意殘短檠弄秋影碧梧生嫩寒天末美人遠清琴何處彈深宵一迴首星斗自闌干

緩步倣輞川體

意消杳無極隨行何所之人烟墟里外山徑夕陽時流水不知遠白雲空自思偶逢田叟話恰與道心宜

咏晉史

洛陽青蓋倏經過相對新亭可奈何南渡有人窺石馬西風無淚泣銅駝朝端雅望閑揮麈江上微名自枕戈勸汝長星一杯酒華林園裏醉顏酡

蘇武節

澤山龍虎路彌漫大節森然獨自完寒草茫茫吞盡雪臣心寸寸炳如丹五千人內稱天使十九年中傲歲寒竹箭貞操榮竹帛未容英簜等閑看

姜肱被

襁褓情親不曾離姜家有被共怡怡纏綿樂在庭闈聚冷煖能教手足知毋俟彌縫歌尺布怕因涼薄隔連枝眉山風雨連牀夕式好何如此最宜

祖生鞭

謝公絲竹王家物那及澄清攬轡賢驥尾總歸居我後雄心未許讓人先揚鑣志奮聞雞夜唾手名爭擊楫年策馬看花端小試春風萬里一揚鞭

鄭崇履

珮環肅穆叶鏘鳴赤舄趨朝仰望傾步步花磚籠諫草轔

抄

轔車響並賢聲爾音金玉來空谷此度雍容鎮列卿坦道
莫嫌門若市尚書心跡水同清

灕江竹枝詞

清灕支派接湘江分作鴛鴦影一雙不管相思是江水沙
汀人靜泊漁艭
象鼻低垂碧一灣訾洲相對抱迴環江清望到月初上疑
是明珠合浦還
伏波灘淺異危灘東渡長橋畫裏看最喜城頭名癸水人
家日日對澄瀾

地接杉湖蓮蕩湖人來風趣憶吳都水光山色餘清照留得吳儂住也無

東江門外綠波平溪漲三篙渡已橫但願青羅色清淺免分衣帶隔盈盈

石在斜指小江東別有清溪短棹通欲訪棲霞與龍隱驂鸞亭畔醉江楓

三管英靈集卷四十二

福州梁章鉅輯

鍾　琳

琳字四雅蒼梧人嘉慶十二年舉人官直隸知縣

雜詩

堅革難爲服輭絲難爲紘太阿銳可用不應烹小鮮良驥雖善馭不能驅力田物各有所適長短隨所便留侯策帷幄淮陰握將權二公誠人傑獨力難圖全願告當路者用才毋拘牽

種禾不種稗稗生比禾多溉禾恐滋稗刈稗慮傷禾丁寧童僕輩耘耔辨眞訛植禾既如此植民當若何上欲培善類先毀狐兔窩毋存姑息念滋蔓後難援鋤惡去根荄法令勿嫌苛心平持以鑑何傷天地和山中犬夢酣處處聞絃歌

百川日東流一往不回顧桃李好顏色三春難久駐人生無百年歲月堂堂去今日不爲樂此錯誰所鑄握算終日勞蠟屐幾人悟朝爲田舍謀暮爲子孫慮昏昏醉夢間一夢何時寤達哉劉伯倫惟識酒中趣

出門

人生至苦事欲歸無歸期人生至難事出門將出時弱女强牽袂似亦知別離嬌小已可念何况慈母慈呼妻更拜兒母老須扶持戒嚴具行李相對無言辭夫豈無言辭欲語心轉悲母曰兒來前客裏宜三思君子愼交游游子愼渴飢名利伏憂患車馬多險巇立志要堅定勿爲逼塞移兒行無我念筋力非衰頹兒行還我念魚鴈休差池倚閭再鄭重得歸歸勿遲出門始垂淚簌簌如綆縻

題梁接山 寶繩 郡伯茅菴誦帝圖

生平不佞佛今乃思逃禪我未得其旨熟思方洞然八萬四千門持念惟一堅苦行自精進成鏡因磨甎要期登彼岸庶免沈迷慾武林賢太守生本蓬萊仙公餘愛禪悅妙解參眞詮誦帝本無帝以帝驅萬緣當其解脫處一一摩尼圓辯才亦無礙舌上生青蓮出世如來後得道靈運前似此極樂界終歸兜率天我亦爲山來願聞梵唄篇

過庾嶺

好風吹我來庾山有山不登空往還我徑尋梅忽不見但見飛泉灑人面振衣千仞氣上騰此身高于山崚嶒雄關

夐絶萬萬古昂然欲唱升天行天風肅肅衣裳冷矜蒼如到無人境白雲出没山腰間古樹離立漏雲影富貴不啻浮雲過胡爲熙來攘往人何多塵世勞勞劇辛苦不如歸去栖薜蘿

遊靈山

萬籟空山靜登臨第幾回竹從何日植梅是去年開飛鳥爭前後孤雲自往來偶逢杖錫客邀我踏瑤臺

郊行

頓使雙眸豁江村綠四圍柳眠風蹴起梅瘦雨添肥衣食

浮生累功名昨夢非一聲鶯語老怱怱送春歸

舟中

大江風色利眼底過千峰水抱山俱活烟消樹不濃渡頭三尺雪雲外一聲鐘春信來何處梅花忽漫逢

欒城道中

幾番涼意思飛轡過欒城霧窖團天小風寒壓樹桑雞聲連夜夢鴈影一身秋偶爾停驂問前村有酒不

懷李可齋

去艣帶離聲淒其動別情不如天上月常照故人行望遠

抄

千山暝離羣一鴈鳴孤吟結遥想只覺夢難成

舟泊勒竹塘

一逕入花竹陰晴羣幾重江流前夜雨風送隔山鐘水碓
春殘月漁燈起睡龍無人會幽興不寐聽鳴蛩

過全州

扁舟灘石下風景半湘南得意山容嫩深情鳥語酣橋低
吞落日雲靜臥孤菴別有開懷處前坰一帶嵐

泊贛江

新涼過古贛江水判東西雙塔撐銀漢羣峰醮畫溪䃅聲

隨雨到雲氣壓城低夜靜凭船坐嘐嘐何處雞

舟行

長江流日夜天氣忽晴明風滿帆能受波翻月有聲移舟疑岸動緩棹讓雲行山色將窮處燈光又一城

讀陳長孫博士傳

春秋舊說在蒼梧經術巍然一代儒叙述纖詞傳漢學表章絕業啟唐疏南荒天遠才偏異東觀言尨公自孤劉義夙欽名父子愛他弓冶後先符

歸舟

長途蕭颯病維摩飽飲龍團戰睡魔何處鳴榔人倚櫂隔江殘月客聞歌夢回故國梅花老身入他鄉苦海多落拓風塵吟興在閒愁無句笑東坡

暮泊新堤

江流日夜去湯湯五里長堤艤野航郊外春晴人試馬渡旁水漲路亡羊灘聲虢虢喧清晝柳態依依媚夕陽領略韶光無限處一齊收拾入詩囊

西湖

勝踐今番願始償琉璃千頃泛輕航鶯花綺麗鋪金地臺

殿參差選佛場四面雲烟山共繞一湖蘋藻水俱香助吟飛過鴻泥爪未許句留駐此鄉

牡丹步香坡比部韻

百寶闌前瑞氣浮彤雲皓日護朱樓生成富貴無驕態買得繁華洗舊愁人坐東皇香世界誰知西洛醉風流一聲羯鼓催三月快向臨芳殿裏遊

國中姚魏鬬奇葩金縷檀心一色嘉可但文章饒福澤若論氣象是名家此生不負春風面異彩能開夢筆花未信羣芳推領袖天然貴品問誰加

抄　抄

清遠峽

懸峽奔流水沸騰一帆破浪日初升悤悤應惹閒鷗笑此老風塵倦未曾

昭潭舟次

春到江頭水漸肥計程何日到柴扉惱他篷背瀟瀟雨不放征人夢裏歸

古勞峽

峭壁中分一線天江流如帶起寒烟幽禽啼過桄榔樹有客船頭思渺然

荻花洲

閒讀王癡畫裏詩隔江殘笛雨絲絲蘆花一夜添秋色開
遍前汀人未知

偶成

生平徒自負英雄六上金臺一夢空壯志銷磨輪鐵裏吟
詩不敢怨春風

灘江雜詩

平明急槳渡龍灘歷亂飛帆入畫看頭上片雲山欲暝半
洲風雨一舩寒

半揭篷窗入遠峯藤床攤飯枕雲容洲前島嶼連天碧疑到蓬萊第幾重

楓林霜醉傍舟過倒影江湄亂綠莎短笛一聲催月出前村人唱柘枝歌

坐撥爐烟半晌清船窗明暗月三更話闌獨背孤鐙睡一枕寒濤夢有聲

陽耀祖

耀祖字芸樵靈川人嘉慶十二年舉人官廣東佛岡同知有蒼雲館詩草

春暮蚕行即事

曉色炊烟裏人家樹影中寒生訶子雨春老楝花風冷巷清如水勞人跡似蓬前邨鳩喚婦農事正悤悤

己卯除歲仲栢菴明府卸南海任以詩索和因次韻奉贈

四境喧傳爆竹聲春來海宇更澄清文章報 國原餘事風雅推君作主盟我讀新詩袪俗慮人無宦興見真情遣知上苑韶光好此去謳吟滿鳳城時以卓薦入都故云

甲申立秋日作

蟲聲喞喞動秋思官閣涼生暑漸移四境可能無菜色一年容易到瓜期西風葉落桐陰瘦小雨秧肥晚稻宜聞道瓊南民力困幾回翹首念瘡痍

朱棨

棨字勳楣又字海嶠臨桂人嘉慶十三年進士官直隸清河道有琴語山房吟草

飲酒

日暝衆喧寂夕陰黯庭除假兹半日閒㝢然讀我書讀書亦云樂況與良友俱懷抱各有託文字乃其餘游心千載

上吾廬涵清虛聊將此時意相對傾百壺

飲酒不須醉醉者乃糟粕食肉須忘味真味謝咀嚼人生信自得靜者知其樂撫此一寸心造物豈予薄願謝區中緣獨醪共斟酌隱几暗香來瓶梅破初萼

望廬山

碧雲一朵湖上來絪縕作現金銀臺蓬隱可望不可即廬山對我心顏開與君真面故相識況我三載曾徘徊憶昔出守江州路城低却喜煙霞護主人愛山山近人九疊雲屏共朝暮有時言從五老遊香鑪鼎峙黃金鑄峰頭涼雨

灑然來千山雷走飛瀑布一笑雲從脚下生俛看城市不知處茲游奇絶那能忘胡爲别爾大小巨人生登覽信有數雪泥過眼隨風霜饑驅羞見彭澤柳峭帆今又過湖口芙蓉如笑手頻招我對山靈呼負負若論去住誰主賓今日相逢亦非偶但祝山頭一片雲爲霖早慰吾黔首

贈謝向亭同年三首

高齋塵不到埽榻但横經室引秋光白燈分佛火青買書愁俸少調水有符靈盡日閑吟處清虚好自銘向亭自題其齋曰清虚室

君近長安市門稀逐熱人廬山留面目秋水見精神沽酒
呼同社尋花及早春休文應却病珍重苦吟身
圍爐成小集即席便分題詩草煙霞近談鋒華岱低豪情
今未減書味古同稽欲借君家屐衝雲躡石梯

謁張文獻祠

哲人關否泰間世此才生相業青山在荒祠夕照橫孤雲
鷹隼翼叢竹鷓鴣聲金鑑當年事遥遥望古情

過梅嶺

鯨波歷盡又羊腸天塹雄關百二強我笑一官行路老年

來三度爲誰忙許今凡三度雲封峭壁尋猿徑風靜長空見雁行嶺海平分春最好梅花多種郎甘棠嶺上梅花攀折殆盡竟無好事補植良深慨然

題潞河歸棹圖送座主鄒曉屏相公歸錫山四首

留公無計挽車輪風送歸帆及早春岱岳雲高舒卷易錫山月近去來親非關鄉味思鱸膾詎借扁舟理釣綸一寸心期託流水依然曳履上星辰

嵩華森棱骨本仙垂天霖雨遍情田培材望重山濤啟剡弊權尊宋璟銓

主聖臣心清似水道深官味淡於禪千秋事業存公論名畏人知老益堅

廿載朝簪一故氈得歸且自喚吳船樓臺欲起知無地雲水相依別有天門宇早辭當座酒空囊猶却助裝錢及門翻拜藏書賜衣鉢誰將故事傳及門贐金概却不受以舊藏書畫分贈諸弟子

粱溪清夢幾迴環今日春風一櫂還萬事關心依絳闕百年娛老有青山　賜書好課兒孫讀家釀能消歲月閒宦轍江南如許到經帷猶得侍慈顏

官京師十二年朋好之樂歡愜平生行將外就子懷

眷眷雜感成詩即以留別

自笑疎慵稱冷官將離天怨釀春寒長安居慣移家數舊雨情深話別難才可升沈聊爾爾轍分南北總漫漫送人作郡尋常事轉憶從前局外看

十載行蹤涸轍塵讀書說劍盡陳因史官久署慚清俸家計長貧累老親知遇相逢青眼客公卿惟羨黑頭人平生未報恩多少百感何堪入夢頻

當前百事暗先幾淚逐名場判是非賃屋如船花四壁思家有夢水雙扉虀鹽已付山妻辦蔬筍能教病骨肥共指

楹書說傳後望雲無計慰庭闈
日下紛紛走傳車銅章偏付病相如絃當調轉聲偏切帆
到潮平險未除此去但思馴雀鼠早時已悔註蟲魚閒心
一事差堪信淡泊生平四壁虛

劉書文

書文字壘圓象州人嘉慶十三年進士官潯州府教
授

過黃叔度墓

牛眠地下牛醫子麥飯相逢又暮春蔓草自封名士墓殘

碑猶記汝南人澄淆不動思高量鄙吝重生愧此身悵望千秋同寂寞風流還念雨中巾

朱仙鎭謁岳武穆祠

寒鴉古木晝陰陰血戰關前奏捷音臣竭孤忠遑恤後君甘稱姪是何心十年折戟成灰土三字爰書恨古今南北瓜分緣底事沙場猶自氣蕭森

鄂王墳下作

秋風無處弔英靈皓月行天認將星父子同歸大理寺君臣空立小朝廷心中未了三言獄背上難銷四字銘折檜

幾人來薦麥杜鵑啼血染冬青

題桃花扇傳奇

防江未已又防河閫外無端自弄戈社稷可輕門戶重國亡翻恨秀才多

蔣玉田

玉田原名光璠全州人嘉慶十三年舉人官教諭

夏日讀滕薕齋學博詩卷

高人有本性官冷如山林古調偶一弄山虛復水深乍晤令久別宦海生煩襟展誦北窗下悠然清我心

張元鼒

元鼒字實甫上林人嘉慶十三年舉人鵬展子有趨庭集

園中春興

曉向閒園步蒼苔匝徑生雲飛巖樹暗雨過野塘清泉響不知處花香難辨名微吟坐磐石屬和聽流鶯

夜泊大松

日暮孤舟泊大松萬山層疊白雲封猿啼野戍三更月鴈冷荒村午夜鐘千里歸心鄉夢遠一星寒火旅眠濃醒來

啟戶江頭望已過前峰第二重

舟次劉公營

暮色蒼蒼古渡頭劉公營下繫歸舟孤篷月照寒衾夜雨岸風鳴落葉秋野曠不聞村犬吠灘高時覺浪花浮明朝放棹明潭驛漸看鄉園景物幽

舟過三峰灘

荒涼野戍客心寒晚發巴江泛渺漫天外三峰森峭壁雲端一葉下危灘經秋乍覺情懷惡作客深知道路難爲語舟人須着意松林峽口尚巑岏

庚午送樹堂八兄往平南 平南

少小追隨長大違一年一度鴈分飛瓜燈冷照姜肱被別淚偷沾謝惠衣芳草王孫何處去秋風燕子幾時歸翻輸叢竹多情甚庭院森森得永依

題蛺蝶圖

芳徑隨風爛漫遊花香深處便淹留誰知抱葉餐霜露別有寒蟬在樹頭

周觀光

觀光字松坪臨桂人嘉慶十三年舉人官容縣訓導

有松坪詩草

遊招隱山

乘輿入層山春風滿嵒谷摳衣穿翠微玲瓏古洞曲何年此山中招隱留芳躅好鳥啼繁花夕陽明衆綠我來陟其巔悠然忘榮辱放眼羣山高置身無縛束人生行樂耳胡爲自齷齪高臥薄雲霄把酒斟醽醁撫景動流連山靈如可遠峰迴發長嘯歌聲滿林麓

北行

我行已有日我僕已束裝慷慨出門去遊子志四方四方

雖可懷曰余有高堂臨別囑萬言兼以淚滂滂此去賦遠遊岐路多風霜況復凌朔地毋乃薄衣裳衡嶽山巍巍長河水湯湯經過悉險地令我心彷徨守身愼所適當念倚閭望異土縱云樂天涯非故鄉再拜謹受命感玆摧心腸男兒七尺軀無以効顯揚奔走徒未已反令居者傷願言守慈訓如在親之旁人生非木石寢門安敢忘

秋日晚步

信步行村曲斜陽影漸過高風激宿鳥殘葉下條柯古道炊烟淡秋山入晝多浩歌乘野興霜月滿藤蘿

蘆花

楚岸吳磯夕照稀蒹葭深處片帆歸西風一夜吹如雪江北江南處處飛

楊立冠

立冠字小梧馬平人廷理子嘉慶十四年進士官翰林院庶吉士有南帆草北征草

重度大庾嶺

拔地勢崔嵬雄關五嶺開路盤雲霧出人雜鳥猿來過此難逢鴈思鄉日問梅勞勞緣底事長愧陸生才

峽江

一縣人煙集乘風不繫船路隨雙塔轉城與萬山連傍水
開魚市當村藝芋田回思前渡泊約在板橋邊

夜宿玉山

相對悄無語疏窗露氣澄蟲聲雜細雨人影淡孤燈夢冷
秋衾薄愁長夜漏增塵勞殊未已秣馬促晨興

舟發伕山

亦覺忘情好其如客裏何語繁書字小行遠囑人多鄉路
初過嶺春光欲渡河草堂今夜夢應悵隔煙波

淩江舟夜

微冷不成雪江風夜有聲暗燈孤艇夢急柝古城更野鳥先人定歸潮趁雨生曲江祠下月清絕照宵征

大觀臺

傑構儼淩霄憑臨遠市囂斷虹湖寺雨落日海門潮放眼乾坤小驚心鄉國遙白雲何處是回首暗魂銷

石湖舟行

桃漲二三月松舠四五人但隨流水去直到落花津別浦漁烟細原田穀雨新可憐芳草色不是嶺南春

濵陽峽

空峽鳴橈夕蓬窗夢不成殘燈人對語永夜棹孤行月落
水無色風迴嵓有聲如何離別意都共暮潮生

揚子江

萬響共洽洽孤舟天際聽雲爭帆影白潮接岸痕青豚拜
江風急龍歸水氣腥高吟鰲背客滄海舊曾經

揚州

天風吹鶴下揚州笠影衣香絕盛游百疊紅欄春樹外一
泓碧水暮潮頭杏花細雨征人路楊柳東風少婦樓明月

虹橋簫在手便教吹散別離愁

擣衣

酒痕淚漬各縱橫落落清風兩袖輕縫處已殘慈母線贈
時猶憶故人情蝨捫旅館披襟坐雞聽村橋振袂行莫著
朝衫便拋卻幾年辛苦伴長征

燕子磯

天開峭壁最嶙峋俯瞰重濤勢欲奔兩翼山形迴鐵鎖六
朝王氣黯金陵雲連樓閣波千頃風定星河月半稜北望
京華愁遠矚振衣人在碧雲層

越王臺

半壁東南據海濱江山甘作漢家臣天心不屬劉亭長亦是中原逐鹿人

漫誇口舌豎儒功桂蠹文犀貢道通試看後來錢武肅千秋知命兩英雄

三管英靈集卷四十二